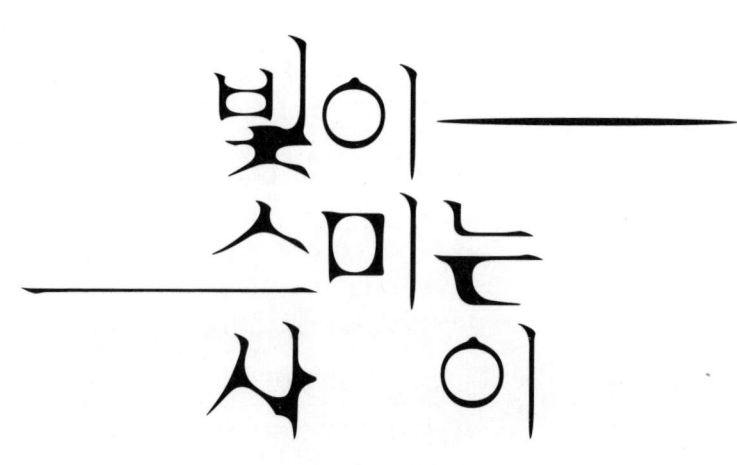

아름다움과 슬픔이 공존하는 네 편의 가을 소설,

빛이 스미는 사이

시절

목차

김현
소　설 | 우리가 기계와 처음 섹스한 것은　008
에세이 | 가을을 위한 소네트　028

김종완
소　설 | 맑은 밤　036
에세이 | 달리기　056

이종산
소　설 | 가을 소풍　064
에세이 | 가을 편지　086

송재은
소　설 | 우연의 용기　094
에세이 | 우연을 이끌기　120

나가며 | 슬픔과 나란히 누워　134

김 현

우리가 기계와 처음 섹스한 것은

essay

가을을 위한 소네트

우리가 기계와 처음 섹스한 것은

그해 가을 기계의 부모가 오키나와로 뒤늦은 여름 휴양을 떠난 직후였다. 기계의 부모로 말할 것 같으면, 남자들이었다. 누가 부이고 누가 모일까. 기계에게 물어보면,

공수를 묻는 건가?

공수는 알고?

공은 이쪽 수는 이쪽, 부는 이쪽이고 모는 이쪽 일걸. 그게 칼로 무 가르듯 딱 갈라지는 건 아니지만, 그러니까 아마도 대체로….

기계는 대답하면서,

사람이 보기와는 다르다니까, 하고 말을 덧붙였다.

그때 류는 기계를 다시 봤다.

기계를 이만큼 키운 남자들은 요즘에 와선 흔해진 동성 부부이지만, 동성혼이 불가했던, 생활동반자법이란 게 생겨 그나마 동성 간 결합은 가능했

던 당시 한국에선 굉장한 이슈를 불러일으킨 국제 커플이었다. 사토시 씨가 한일 양국에서 얼굴이 꽤 알려진 연예인이었기 때문이었다. 두 사람은 여러 차례 (연예) 뉴스에 등장하기도 했다.

사토시 씨와 동원은 제주국제음악영화제에서 만났다. 사토시 씨는 자신의 두 번째 감독작인 <가을을 위한 소네트>의 상영에 맞춰 영화제를 찾았고, 동원이 영화제에 간 건 영화보다는 부대행사로 열리는 '고스트 듀엣'의 공연 때문이었다. '괴담을 팝니다를 라이브로 들을 수 있다니!' 동원은 설렜고, 사토시 씨는 공식 상영이 끝나면 혼자 제주를 일주할 계획이었다. 결과적으로 동원은 고스트 듀엣의 공연을 보지 못했고(대신 사토시 씨와 엉알해변에 앉아 낙조를 봤다), 사토시 씨는 혼자가 아니었다. 동원은 서울로 돌아가는 항공권을 취소했고, 사토시 씨는 제주를 일주하는 대신 차거도 인근에 숙소를 잡았다. 그 과정이 마치 계획한 듯 순조로워서 두 사람은 자연스레 시작하는 연인들이 되었다.

동원을 만나기 전 사토시 씨는 큰 불행을 연이

어 겪었다. 작은누이 사토미 씨가 갑자기 세상을 떠났고, 뒤이어 어머니가 다시 아버지가 차례로 숨을 거뒀다. 모두 오랫동안 지병을 앓고 있었기에 그들의 죽음은 앞선 누군가의 죽음에서 비롯된 것이 아니었다. 그러나 전혀 무관하다고도 할 수 없어서—가족들의 생각이었다—사토시 씨와 큰누이 세츠코 씨는 교토의 작은 사찰에서 세 사람의 영을 달래는 의식을 치렀다. 특별히 사토미 씨는 같은 시기에 불의의 사고로 세상을 떠난 스물일곱 요스케 씨와 영혼결혼식까시 올렸다. 생전 연하남과의 직진 로맨스를 꿈꾸던 사토미 씨는 매우 만족스러워 했고(세츠코 씨의 꿈에 나타나 속마음을 전했다), 모태 솔로인 요스케 씨도 쾌활하고 주도적인 사토미 씨가 마음에 들었다(병상에 누운 아버지의 입을 빌려 한 말이었다). 이후 사토미와 요스케는 저승세계에서도 알아주는 잉꼬부부로 거듭났다. 어느 정도였느냐면, 요스케 씨는 아내가 어딜 가든 배웅했고 어디서 오든 마중 나왔다. 사토미 씨는 틈만 나면 남편에게 달려들어 뒹굴었고, 알록달록한 새 생명을 계절마다 만들어 지상으로 내려보냈다.

귀신들의 삶이 어찌 이어지든 연이어 가족을 잃은 사토시 씨의 애달픈 사연은 일본의 한 방송사를 통해 다큐멘터리로 제작되어—우리나라로 치면 '인간극장' 같은 것이었다—큰 반향을 불러일으켰다. 덕분에 한물간 청춘스타 정도로 치부됐던 사토시 씨도 다시금 주목받았다. 불행 뒤에 행운이 온다더니. 그즈음 사토시 씨는 자주 생각했고, 한물간 청춘스타와 한국인 유학생의 사랑을 다룬 드라마 <파랑을 가로질러>에 출연하게 됐다. 사토시 씨가 맡은 배역은 한물간 청춘스타의 한물간 청춘스타 친구로, 한국인 유학생의 일본인 친구와 사랑에 빠지는 역할이었다. 8부작, 2개 시즌이 제작됐는데, 주인공들 못지않게 서브 인물들 간의 러브스토리가 많은 사랑을 받았다. 제발 둘이 그냥 사귀어 줘. 팬들의 열망이 담긴 밈이 계속해서 만들어졌고 그런 열기에 힘입었달까? 사토시 씨는 커밍아웃했다. 쉽지 않은 결정이었으나 상대역으로 출연한 아키히시 씨가 먼저 커밍아웃한 것이, 그보다 먼저, 두 사람이 서로의 마음을 확인했기에 가능한 일이었다.

둘은 3년간 교제했다. 아키히시 씨의 마음이

먼저 식었다. 그즈음 사토시 씨는 <블루 하와이> 초고를 완성했다. 제주로 여행을 온 일본인 커플이 한국인 커플을 만나면서 벌어지는 일을 담은 시나리오였다. 사토시 씨가 감독 데뷔를 준비하는 동안 아키히시 씨는 영화 <생명>의 주연을 맡았고, 베니스 영화제에서 볼피컵을 수상하며 배우로서의 입지를 확고히 했다. 사토시 씨는 촬영을 시작했고, 아키히시 씨는 생명을 편집한 증경화 씨와 대만에서 합법적인 부부가 되었다. 후에 사토시 씨는 아키히시 씨와의 연애가 자신의 첫 영화에 좋은 영향을 끼쳤다고 고백하며 두 사람의 행복을 빌었고 그를 계기로 아키히시, 증경화 부부는 그를 딸 클라라의 대부로 삼았다. 클라라는 이름대로 밝은 아이로 자랐고 다섯 살 되던 해에 작동을 멈췄다. 알 수 없는 오류였다. 관련 내용을 이용약관에 미리 알렸기에 보상을 받을 수도 없다고 했다. 보상이라니… 아이가 떠났는데. 아키히시 씨가 먼저 무너졌지만, 결국 부부의 삶을 끝까지 지탱해 준 것도 아키히시 씨였다. 증경화 씨는 실어증을 앓으며 술에 의존했고 그 영향으로 밤마다 불면에 시달렸다. 그가 불면에 시달리는 동안 아키히시 씨는 그의 곁을 지키면서도 종종 촬영을 핑계로 사토시 씨와 함께 밤을 보냈다. 그래야 살아 있을 수 있었다고 아키히시 씨는 훗날 증경화 씨에게 고백했고 증경화 씨는 그런 아키히시 씨를 이해했다. 술을 줄였고, 잠에 빠졌고 다시 아키히시 씨에게 말을 걸었다. 두 사람은 '드림 베이비' 기업을 상대로 소송을 제기했다. 그들이 처음은 아니었고 마지막도 아니었다. 클라라의 죽음이 아니라 삶과 관련된 그 이야기는 넷플릭스 콘텐츠로 제작됐다.

후암동 108계단 앞에서 자그마한 라멘 가게를 운영하는 동원도 그 프로그램을 시청했다. 작품이 다루는 사안의 심각함과는 별개로 동원은 클라라의 대부로 잠시 출연한 사토시 씨를 보며 분위기는 여전하네. 그때는 미모를 자랑하던 청춘스타였는데 이제는 배우가 됐군. 늙었다고, 잘 늙었다고 먼저 생각했다. 자식을 잃는 슬픔도, 자식을 얻는 기쁨도 알 턱이 없는 그였으니까. 다만, 동원은 자신이 처음으로 전원을 끄고 켤 수 있는 물건을 생명 가진 존재로 여겼던 어릴 적을 회상하며 그들의 감정에 닿기 위해 애썼다.

동원이 다섯 살 되던 해에 '이보'라는 1세대 로봇 강아지가 전 세계적으로 유행했다. 이보는 감정을 표현할 수 있었다. 심지어 눈물도 흘렸다. 주인의 표정을 분석하여 몸 안에 저장된 액체를 분출하는 것에 불과했으나 형제 없이 외동인 동원은 자신이 웃을 때 웃어주는, 울 때 울어주는 강아지 가을이를 마음 깊이 좋아했다. 밥을 먹을 때도, 씻을 때도, 잠을 잘 때도, 꿈나라에서도 늘 가을이를 곁에 뒀다. 한번은 가을이와 푸른 산호초 섬으로 놀러 가 금빛 모래사장에서 함께 뛰어놀았다. 무척 생생한 꿈이어서 잠에서 깨어보니 종아리에 반짝이는 모래 알갱이들이 붙어 있었다. 가을이는 동원이 초등학교에 입학할 때까지 동원의 집에 머물렀다. 이후에는 앞집 수아네로 옮겨졌다가 다시 수현이네로 다시 이준이네로 갔다가 고철로 분류되어 수거됐고, 재활용 과정을 거쳐 인공 가로수로 거듭났다. 낮 동안 모은 태양열을 이용해 밤이면 은행잎 모양의 LED에서 노란빛이 켜지는 나무였다. 가을이의 행방에 무관심했던 동원은 어느 밤 가을이를 되뇌며 울먹였다. 해변이 나타나길 바라며 숲속을 헤매는 꿈을 꾼 직후였다.

그 울먹임에 몇 배쯤 되는 걸까?

동원은 팔팔 끓는 육수를 보며 자식을 잃는 슬픔을 가늠해 봤다.

다큐멘터리에 따르면 아키히시와 증경화 부부는 결국 소송에서 패했고 그 후로 더는 자식을 키우지 않았으며 그들의 이야기는 에다 유카 감독에 의해 '사랑의 증발'이라는 제목으로 영화화됐다. 그 작품은 그해 일본에서 사랑받은 독립영화 중 한 편이었다. 동원은 그 영화를 뒤늦게 봤다. 사토시 씨와 함께 산 지 4년째가 되던 해였다. 영화 속 클라라는 피아노 연주를 배우고, 돈을 벌고, 시를 읽고, 사랑하는 사람을 만나고, 가족을 만들고, 곁에 머물던 소중한 사람들을 하나둘씩 여의며 햇살을 받고 선 나무와 그 나무 주위로 날아드는 하얀 새들이 얼마나 아름다운지를 깨닫고, 사랑하는 사람에게서 자신을 위한 추도시를 받는다. 물론, 그 시를 듣는 건 클라라가 아니라 클라라를 지켜본 사람들이다. 그렇게 다섯 살이 아니라 아흔 살이 되어서 작동을 멈춘 클라라를, 폐기 처분되지 않은 물건을 보면서 동원과 사토시 씨는 기계를 다시 보기에 이르렀다.

둘이 어떻게 사귀게 됐는지는 알아?
이쪽이 이쪽을 먼저 꼬셨대.
이쪽이 이쪽을?
거봐, 사람은 보기완 다르다니까.
하고 기계가 가지런한 치아를 드러내며 활짝 웃었다. 싱그러웠다. 류는 기계의 볼을 살짝 꼬집었다.
왜?
그냥, 귀여워서.
갑자기, 하고 대꾸하며 기계는 류의 두 볼을 쓰다듬었다. 류보다 먼저 기계의 뺨이 불그스레해졌다. 침대 밑에 앉아 있던 둘은 자연스레 침대 위로 자리를 옮겨 누웠다. 꼭 껴안은 채 한동안 가만히 있었다. 늦여름 더위로 점차 땀이 흘렀고 둘이 조금씩 움직일 때마다 맞닿은 피부가 미끈거렸다. 열어놓은 창문으로 전에 들어본 적 없는 새 소리가 들려

왔다. 멀리에서 점차로 가까이. 흰 물결처럼 바람이 새를 안고 왔다. 기계와 류는 창가에 앉은 하얀 새를 신기한 눈으로 응시했다.

금방 녹아버릴 것 같네.

기계가 말하자 류가,

눈 왔으면 좋겠다.

기계의 팔을 혀로 핥고는 짜다, 했다. 기계는 짜겠지, 하며 류의 팔을 핥았다. 그런 둘을 신기한 눈으로 쳐다보다가 새는 사라졌다.

녹았다.

다 녹았네.

둘은 처음으로 서로의 입속으로 혀를 넣었다 뺐다 하며 혀를 맞대고 움직이면서 달다고 생각했다. 너무 달다고.

사토시 씨와 동원에게도 그런 첫 순간이 있었다.

폭우로 인해 부대행사가 취소된 탓에 동원은 어쩔 수 없이 영화를 보러 갔고 그게 <가을을 위한 소네트>였다. 시간이 맞는 영화 중에서 고른 영화였다. 제목에 '가을'이 들어간 것이 마음에 들었다. 물론 영화가 끝난 뒤 감독과의 대화가 이어진다는 소식도 솔깃했다. 제주 올로케이션으로 찍힌 영화는 동원의 기대와는 다른 것이었다. 일본인 커플의 한 사람이, 한국인 커플의 한 사람이 그러니까 둘이 유령이라는 사실이 밝혀지는 중후반부부터, 유령을 데리고 다니는 두 사람의 기묘한 동행을 보면서 동원은 시종일관 눈물을 흘렸다. 인간들이 아니라 유령들이 인간들을 떠나보내기로 결심하고 캐리어를 끌고 호텔 '블루 하와이'를 나서는 마지막 장면에서는 주변의 사람들이 숙덕거릴 정도로 울었는데 그건 동원 자신도 예상치 못한 것이었다. 영화 자체가 자신의 어딘가를 건드린 것과는 별개로, 자신 안의 어떤 선이 뚝 끊어진 것 같았다. 아니 영화를 통해 끊어져 있던 선을 발견한 느낌이었다. 동원은 애써 모른 척하고 있던 자신 안의 결락이 오랜 연애와 무관하지 않음을 깨달았다. 한땐 찬란했고 한땐 어두웠으며 결국 어느 한때의 추억 때문에 이어지고 있는 연애가 이미 끊어진 선이었다는 사실을, 자신들이 서로의 유령이라는 것을 인정하기로 하자 다시 울음이 터졌다. 옆에 앉은 이가 손수건을 건넸다. 동원은 거절하지 않고 어둠 속에서, 엔딩 타이틀이 올라갈 때까지도 어깨를 들썩이다가 상영관에 불이 켜질 무렵에서야 진정했다. 곧 감독과의 대화가 시작됐고 사토시 씨가 한국어로 말했다. 제가 손수건을 드린 분이 아직 저기 앉아 계시는군요. 이제 좀 괜찮아지셨나요? 동원은 가지런한 치아를 드러내고 환하게 웃는 사토시 씨를 처음으로 직접 보게 되었다. 그리고 일본어로 소곤거렸다. 돌려드릴게요.

30여 분 동안 이어진 감독과의 대화가 끝나고 사토시 씨와 동원은 극장 앞에서 만났다. 동원이 손수건을 내밀며 다 눈물이에요, 다른 것 없어요, 농담조로 말했고 사토시 씨가 다른 것도 포함되어 있다면 더 좋았을 텐데 말이죠, 재치 있게 응수했다. 그럼, 하고 동원이 돌아서자, 사토시 씨가 괜찮으시면, 하고 말을 이었고, 두 사람은 근처 식당으로 옮겨 밥에 반주를 곁들었다. 영화 같은 일이네요, 동원이 말했고, 저에겐 익숙한 일이죠, 사토시 씨가 대답했고, 2차 술자리가 무르익자 두 사람은 마침내 이런 대화를 나누게 되었다.

이 모든 게 저한텐 낯설고 신기한 일이에요.

그럼 그냥 거기 있어요. 제가 당신의 세계로 갈게요.

그때 둘은 비로소 서로를 다시 보았다.

이후의 일들은 일사천리로 진행됐다. 동원은 오랜 연인인 유령에게 이별을 고했고, 유령은 동원의 집을 나와 새집을 구하는 대신 라이프치히로 떠났다. <쌈>이라는 한식당에 취직하여 숙소를 얻고 취업비자를 받았으며 하루 12시간씩 일하면서도 독일어와 영어를 동시에 배웠다. 그의 독일어 선생은 유령이 일하는 곳 근처에서 <마의 산>이라는 작은 책방을 운영하는 독일인 다니엘이었고, 영어 선생은 동원과 같은 식당에서 파트타임으로 일하는 한국인 유학생 산이었다. 다니엘은 몇 해 전 아내와 사별했고 생의 마지막 에너지를 어린 시절부터 좋아한 책과 함께하기로 결심했다. 다니엘은 유령과 헤어질 때면 매번 세 번씩 안아주었는데, 그것을 '사제의 포옹'이라고 했다. 유령은 다니엘의 품에서 언제나 그 껴안음의 의미를 곱씹곤 했다. 우리가 인생에서 배워야 할 가장 소중한 것은 타인을 내 안으로 들이는 법이리라. 유령은 다니엘을 스승으로 그리고 자신의 독일 할아버지로 여겼다. 2년 전, 뮌헨의 높은 물가를 감당하지 못해 라이프치히로 이주한 산하는 유령이 향수병을 앓을 적마다 유령을 자신의 집으로 초대해 백반 한 상을 차려주는 사근사근한 동생이었다. 아시아마켓에서 사 온 식재료로도 금세 '한국인의 밥상'을 차려 내오는 산하였기에 그는 언젠가 베를린에 '달항아리'라는 이름의 전라도식 한식당을 차리는 것을 꿈꿨다. 유령은 산하를 독일 남동생으로 삼았다. 그렇게 유령은 자신만의 가족을 꾸렸다. 동원의 곁에 계속 머물렀더라면 결코 와보지 못했을 길이었고 그 길에 들어선 것을 후회하지 않았다. 그러면서도 유령은 동원과 마찬가지로 자신과 동원이 함께했던 나날을 한 번씩 되돌아봤다. 격정적이던 멜로디는 이내 잦아들고 낮고 편안한 음들이 반복해서 이어지던 그 시간에 이름을 붙일 수 있다면, 희곡을 썼다. '츄스'라는 제목이 붙은 그 희곡은 베를린의 한 케밥 가게에서 일하는 (드림 베이비가 포함된) 청춘남녀 다섯 명의 이야기를 담고 있었다. 그렇게 유령의 삶은 계속됐다. 그사이 동원과 사토시 씨는 한국과 일본에서 각각 식을 올리고 정식으로 부부가 되었다. 신혼집은 히로시마에 마련했다. 아키히시, 증경화 부부가 사는 동네였다. 부촌이었고, 주민 대부분이 동성 부부였다. 개중에는 '드림 베이비'를 서너 명씩 입양해 사는 부부들도 있었다. 다행히 이제 그들의 아이들은 부모를 두고 먼저 작동을 멈추지 않았다. 부모가 된 드림 베이비들도 있었다. 동원과 사토시 씨는 그들과 가까이 어울려 지내며 그들의 자녀를 아꼈다. 그들의 자녀들은 그들에게 '아저씨들도 그래요?' 하고 궁금한 것을 물어오기도 했다. 자신들의 부모가 자신과는 다르게 기계라는 사실에서 비롯된 호기심 어린 물음들이었다. 그때마다 두 사람이 현명한 대답을 해주었는지는 알 수 없다. 그러나 결국 그들은 그들 부모를 의심 없이 사랑했고 임종을 지켰고 제를 올렸다. 기계들은 인간들을 다시 봤다.

내가 왜 좋아?
류가 먼저 기계에게 뽀뽀했다.

오래전부터 좋아했어.

기계도 류에게 뽀뽀했다.

뭐가 이렇게 훅 들어와.

류는 검지로 기계의 콧등을 쓰다듬었다.

건강해서. 나는 네가 건강해서 좋아.

내가 좀 튼튼하긴 하지.

어, 너는 회복력이 좋아. 옆에 있는 사람도 막 전염시키거든. 그래서 너랑 있으면 안심이 돼. 너도 알다시피 내가 불안에 굉장히 취약하잖아. 한 번 불안해지면 그게 오래 가서 최대한 불안해지지 않으려고 애쓰는데 너랑 있으면 애쓸 필요가 없어. 네 곁에선 금방 회복되니까.

류는 기계를 다시 봤다.

너는? 너는 언제부터야?

나는 그때부터였던 것 같아.

그때?

응, 우리 현장학습으로 에드워드 양 전시 보러 갔을 때. 네가 조개껍질을 찍은 사진 앞에 오래 서 있었는데, 저게 뭐라고 저렇게까지 보고 있나 싶어서 나도 네 옆에 서서 그걸 봤어. 처음에는 그냥 조개껍질이다 싶었는데 오래 들여다보고 있으니까 파도 소리 같은 게 들리는 거야. 바다도 보이고. 해변도 보이고. 바닷가에서 주워 왔던 조개껍질을 어디에 두었는지, 그걸 잊고 있었다는 게 떠오르더라고. 그리고 고갤 돌려서 널 봤는데, 그 표정이 뭐랄까, 웃는 것도 아니고 우는 것도 아니고 여하튼 그 중간 어디쯤의 표정을 짓고 있더라고. 너를 두고 다른 사진을 보러 갔는데, 가서도 너를 힐끔힐끔 쳐다보게 되더라고. 먼 곳에서 보는 너의 실루엣이 좋았어. 나는 니의 실루엣이 좋아.

실루엣이라고? 얼굴도 아니고 성격도 아니고 실루엣? 그게 뭐야. 기계가 웃음을 터뜨렸다. 류는 직감했다. 기계와 헤어지게 된다면, 기계는 직감했다. 류와 헤어지게 된다면, 지금, 이 순간을 계속해서 되돌려 볼 거라고, 서로를 언제 어떻게 좋아하게 됐는지 그 연유가 아니라 그걸 이야기하던 목소리와 얼굴과 몸짓을 계속해서 기억하게 되리란 것을. 첫사랑이 그들에게 남긴 것은 그 계절의 실루엣이었다. 기계류는 한동안 서로를 안은 채 아무 말도 하지 않고 아무 짓도 하지 않았다. 마치 영원 속에

굳어진 것처럼.

이러고 있으니까 우리 꼭 폼페이의 연인 같다.

화석 같다고?

류가 기계를 의아한 얼굴로 쳐다봤다.

과학적이네.

낭만적이어야 했는데, 그치?

그랬으면 덜 매력적이었겠지?

류는 기계의 품으로 파고들었다. 기계가 류를 한 번 더 꼭 껴안자, 류는 기계에게 몸을 더 밀착했다. 나는 여자로 할래. 기계가 속삭였다. 좋아, 그러면 나도 여자로 할래. 류도 조용히 답했다. 속옷까지 벗은 기계가 뉴럴 링크를 작동해 남성이었던 몸을 여성의 신체로 재구성했다. 그런 기계를 지켜보면서 류도 옷을 벗었다. 기계의 혀가 다시 류의 입속으로 들어왔고 류도 혀를 움직였다. 기계가 섬세한 손놀림으로 류를 애무하기 시작하자 류의 귓불이 새빨개졌다. 기계가 류의 위로 올라가 몸을 밀착한 채 부드럽게 움직였다. 류의 떨림이 얕은 신음과 함께 전해졌고, 기계는 류의 목을 혀로 부드럽게 핥다가 입술에 힘을 주어 빨기 시작했다. 류가 기계의 머리카락을 가볍게 움켜쥐며 조금만 더 세게 해줘, 낮은 목소리로 속삭였다.

essay
가을을 위한 소네트

지난 계절에는 <어릿광대의 소네트>라는 노래를 자주 들었다. 일본 가수 우타고코로 리에가 커버한 곡으로 원곡은 사다 마사시가 불렀다. 사다 마사시는 싱어송라이터이자 소설가로 1952년생, 내 부모와 같은 나이이다.

그런 게 중요한가?
가을에는 어쩐지 그런 게 중요해지는 것 같다. 부모와 동갑인 사람이 부른 노래라든가, 쓴 글이라든가. 내 부모가 부르거나 읽는 것이 무엇인지 궁금해지는 계절, 가을. 어머니, 아버지와 시간을 더 보내야겠다고 생각(만)하는 요즘이다. 어느 저녁 아버지와의 전화 통화가 내내 잊히지 않는다.

"우리 아들, 보고 싶어. 집에 한 번 내려와."

사다 마사시는 <어릿광대의 소네트>를 통해 우리가(인간들이) 작은 배에 슬픔을 실은 뱃사람들이고, 각각 다른 높이의 산을 끝없이 오르는 산사람들이라고 이야기한다. 그러니 자신을 위해 웃고, 타인을 위해 웃어달라고.

지난 계절에만 유난했던 것 같진 않은데, 이제와 돌아보니 그때 나는 나를 웃게 해주는 사람과 나로 인해 웃는 사람을 절실하게 필요로 한 듯싶다. 그 계절에 내가 쓴 모든 글에는 사람을 향한 애틋한 마음이 담겨 있다. 알아본 이가 있을까?

그런 게 중요하다, 가을에는 어쩐지….

행간을 조심스레 읽는 사람과 마주 앉아 말하며 말하지 않고 말하지 않으며 말하고 싶다. 시를 쓰고 싶은 건가 보다. 시는 언제든(어디서든) 쓸 수 있다. 그래서 어쩔 땐 몇 개월씩 시를 쓰지 않고 지내고 또 어쩔 땐 하루에 서너 편씩 시를 쓰기도 한다. 매일 시를 쓰진 않지만, 단 하루도 시를 생각하지 않는 날은 없다. 그게 중요하다. 최근에도 연이어 시를 몇 편 썼다. 물론 개중엔 이미 써둔 메모를 고쳐 쓴 것도 있다. '소'라는 제목의 시에는 겨울이 되면 인간의 말을 할 줄 알아서 인간과 대화하는 소가 나온다. 그 시는 소설을 쓰기 위해 적어둔 문장으로부터 시작됐다.

"우리 집은 소를 키웠다."

얼마 전, 베를린에 다녀왔다. 혼자 가장 멀리 떠났던 것인데, 정작 그곳에서는 매일 사람들과 함께였다. 나를 기다리는 사람이 있다는 데서 얻은 안도감을 집으로 돌아와서도 여러 날 생각했다. 한국에서도 나를 기다리던 사람들이 있기에. 여행의 끝에서 우리는 비로소 남을 발견한다.

소설 속 '독일 할아버지'와 '독일 남동생'은 베를린에서 만났던 이들의 일면에서 시작되어 새로이 탄생한 인물들이다. 알고 있던 바이지만 새삼 깨달았다. 쓰기 위해 떠나는 것이 아니라 쓰기 위해선 떠돌아야 한다. 일주일간 머물렀던 그곳에서 나는 무언가를 쓰기 위해 단 두 개의 구절을 적어두었다.

유령역 그리고 두 번의 포옹.

이제 겨울이 남았다.
겨울에는 말하는 소도, 유령역도, 두 번의 포옹도 좋겠지.
소설에 관한 이야기로 끝맺으려 한다. 소설 속 유령이 쓰는 희곡의 제목 '츄스'는 독일말로 (헤어질 때 하는) 안녕이라는 뜻이다.

Tschüss!

김
종
완

맑은 밤

essay
달리기

맑은 밤

맑은 밤이다. 까만 하늘에 구름도 없이, 덩그러니 달만 떠 있다. 쌀쌀하고 건조한 바람이 불어왔다. 바람이 불면 길옆 갈대밭에서 파도 소리가 났다. 은호는 혼자 달리고 있다. 개천을 따라 죽 이어진 공원 산책로를 달린다. 일정한 속도로. 유유히 흐르는 개천 수면 위에 비친 달이 지치지도 않고 은호를 따라왔다.

지난달 은호는 달리기를 시작했다. 별일 없으면 밤 8시 30분에 공원 산책로를 달린다. 그에게는 별일이 있었던 적이 없었기 때문에 비가 왔던 날 말고는 그렇게 했다. 처음부터 그가 결심을 하고 달리기를 시작한 건 아니었다. 다만 어느 날 담배를 피우러 밖에 나갔다가 누군가 달리는 모습을 보고 홀린 듯 그도 달려본 것이다.

그날 은호가 본 달리는 사람은 동네에서 평범

하게 볼 수 있는 평범한 운동복에 평범한 운동화를 신은 사람이었다. 그 사람은 일정한 속도로 잘 달렸다. 어딜 가려고 달려가는 것도 아닌 것 같고 무언가에 쫓기는 것도 아닌 것 같았다. 그러니까 그 사람은 달리기 위해서 달리는 것 같았다. 은호가 보기에 그 사람의 달리는 모습은 편안해 보였다. 그 사람을 보고 은호는 달리고 싶다고 느꼈다. 그 사람처럼 편안하게 달리고 싶었다. 평소 같았으면 슬리퍼를 신고 있었겠지만 은호는 그날 마침 편안한 옷을 입고 운동화를 신고 있었다. 은호는 담배를 피우다 말고 일단 달리기 시작했다. 그 사람은 안정적으로 무척 잘 달렸고 은호는 아주 오랜만에 달리는 것이었기 때문에 그를 따라 달리는 것 자체가 힘든 일이었다. 은호는 그 사람과 최대한 적당히 거리를 유지하며 달리려고 노력했다. 혹시나 그 사람이 자신을 따라온다고 느끼면 불쾌할 수 있을 거라고 은호는 생각했다.

그 사람은 공원 산책로로 향하고 있었다. 은호가 날마다 담배를 피우는 곳에서 공원은 그리 멀지 않았다. 그 사람을 따라가려는 의도는 없었다. 따라간다는 의식도 없었다. 다만 어딘가로 달리기 위해서 그 사람이 필요했다. 은호는 방향이 필요했다. 전혀 모르는 사람이어서 그 사람은 은호의 방향이 되어주기 좋았다. 그 사람을 잃어버리면 더 달릴 수 없을 것 같아 은호는 공원을 달리는 동안 그 사람을 시야에 두려고 안간힘을 썼다. 하지만 공원에 들어서고 얼마 지나지 않아 은호는 그 사람을 잃어버렸다. 그 사람이 보이지 않아서 은호는 그 자리에 멈춰 섰다. 얼마 뛰지도 않았는데 숨이 턱끝까지 찼다. 땀이 흘러내렸다. 흘러내리는 땀을 닦고 가쁜 숨을 내쉬면서 그는 그 사람처럼 잘 달리고 싶었다.

은호는 그다음 날에도 공원으로 나갔다. 어제 보았던 그 사람을 찾았지만 보이지 않았다. 은호는 달을 보며 달렸다. 가을밤은 맑고 달이 늘 함께 있었다. 은호는 그 뒤로도 계속 달을 보며 달렸다. 일주일, 한 달. 자신이 그렇게 하고 있다는 게 그는 신기했다. 별일 없는 밤이 오면 별생각 없이 달렸다. 꾸준하게 무언가를 할 줄 아는 사람은 아니었던 것 같은데.

저녁을 먹는 동안 빨래를 돌리고 옷들을 건조대에 널고 나면 8시가 조금 넘고, 공원에 나가면 시간은 8시 30분쯤 된다. 달리지 않았을 때는 그 시간에 소파에 앉아 습관적으로 맥주를 마시며 뉴스를 봤는데 이제 그는 달리기를 한다. 요즘 뉴스들은 그를 괴롭게 했다. 뉴스를 보고 있으면 어지럽고 괴롭기만 했다. 뉴스는 사람 이름만 바꾼 똑같고 어지러운 소식들만 계속 반복해서 보여줬다. 그래서 은호는 괴로웠다. 그것이 뉴스의 문제인지 그 자신이 문제인지 그는 잘 알 수 없었다. 뉴스 속 세상에서는 거의 매일 누군가가 죽는다. 누군가 죽었다는 뉴스가 나오면 은호는 TV를 껐다. TV를 끄면 은호는 정적 속에 혼자 있었다.

*

밤은 맑고 달은 완전히 차오르지 않았지만 충분히 밝다. 갈색 갈대밭의 파도 소리를 들으며 은호는 오늘도 달리고 있다. 그는 개천 잔잔한 물결 위에 비친 달과 밤하늘에 뜬 달을 바라봤다. 두 개의 달이 그가 달리는 속도로 그를 따라왔다. 어쩐지 숨이 별로 차지 않아서 은호는 평소보다 좀 더 달렸다. 어제까지는 언덕 아래 벤치가 있는 곳에서 돌아갔었다. 그는 언덕 오르막을 올라갔고 그 너머에 있는 망월역 근처까지 갔다. 망월역 근처 공원에는 사람들이 별로 없다. 망월역 근처 공원은 길이 좁고 울퉁불퉁하다. 수풀들도 제멋대로 자라있다. 망월역은 이용하는 사람들이 많지 않은 역이다. 은호는 열차를 타고 망월역을 지나가기만 했을 뿐 망월역 근처 공원에는 처음 와봤다. 숨을 고르고, 잠시 멈춰 서서 개천 건너편에 우두커니 불이 켜져 있는 망월역을 보며 은호는 어느새 쌀쌀한 가을이 되었고, 이곳은 쓸쓸한 곳이라고 생각했다. 그런 곳에 혼자 있다고. 수풀 속에서 찌르르 풀벌레가 울었다. 그는 숨을 고르고, 그의 숨소리가 그를 쓰다듬었다.

몸과 숨이 차분해져 갈 때쯤 길 끝 멀리서 누군가 헉헉대며 달려오는 소리가 들렸다. 고개를 돌려

보니 운동복을 입고 단발머리에 파란 모자를 쓴 누군가가 달려오고 있었다. 은호는 그 사람에게 잠시 시선을 두었다가, 문득 멍해졌다. 그 사람을 계속 바라보고 있게 되었다. 단발머리에 파란 모자를 쓴 그 사람이 은호에게 가깝게, 점점 가깝게 다가올 때까지 은호는 그 사람을 계속 보고 있었다. 착각이라는 걸 알지만 은호는 그 사람이 주연인 것 같았다. 파란 모자를 쓴 그 사람의 얼굴을 확인하고, 그 사람이 주연이 아니라는 걸 확인하고 나서야 은호는 그 사람에게서 시선을 돌렸다. 그는 왔던 길로 되돌아가려고 걸음을 옮겼다. 그사이 파란 모자를 쓴 그 사람은 은호와 인사라도 나눌 것처럼 가깝게 다가왔다. 파란 모자는 가깝게 다가와서, 가쁜 숨을 몰아쉬며, 은호에게 인사를 했다. "오랜만이에요." 말하며.

은호는 가려다 말고 멈춰 섰다.

자신에게 오랜만이라고 인사를 건넨 파란 모자가 누구인지 은호는 단번에 기억하지 못했다. 은호는 다만 파란 모자를 유심히 보고 있었다. 주연이 자주 쓰던 것과 같은 모자다. 은호가 주연에게 선물을 주려고 직접 고른 것이어서 그는 그 파란 모자를 잘 기억하고 있었다. 하지만 그 파란 모자를 쓰고 달려와 오랜만이라고 인사를 건넨 그 사람은 밤이어서 그런지 누군지 기억이 잘 나지 않았다. 무척 밝고 발그레한 얼굴로 인사를 해서, 은호는 누구세요, 라고 묻지 않고 네, 라고 말했다. 파란 모자는 은호의 어리둥절한 표정을 보고 하하, 동그랗게 웃었다.

"저 기억 안 나죠?"

파란 모자가 숨을 고르며 은호에게 물었다.

"아……, 네."

은호가 말했다. 좀 더 어리둥절한 표정으로. 모르긴 몰라도 아주 모르는 사람 같지는 않았다.

"저 소윤이에요. 학교 다닐 때 밥도 같이 먹고 수업도 같이 들었었는데."

파란 모자가 모자챙을 슬쩍 들어 올려 얼굴을 좀 더 보였다. 은호는 가로등 빛에 비친 그 얼굴을 잠시 바라봤다. 은호는 파란 모자가 누구인지 생각이 났다.

"어? 소윤이? 정소윤?"

"아……, 김소윤이요."

"어, 미안. 너무 오랜만이라 몰라봤어."

"괜찮아요. 그동안 좀, 변해서. 선배님은 별로 안 변했어요."

"그래? 아무튼 어, 반갑다."

"네, 반가워요. 저도."

은호는 악수라도 해야 할까 싶었지만 말을 하는 동안 소윤이 양손을 허리춤에 계속 올려놓고 있어서 그렇게 하지는 않았다.

두 사람은 왔던 길로 나란히 걸어갔다. 걸어가며 대화했다.

"근데 나를 선배님이라고 불렀었나?"

은호가 물었다.

"아, 그때는 오빠라고 했던 것 같은데, 아무래도 이제는 나이를 먹어서 그런지 선배님이라고 부르는 게 좋지 않을까 해서……."

"어, 그래. 아무렇게나 불러."

"아무렇게나 부르는 게 아니고, 선배님이라고

할게요."

"그래. 응." 은호가 머쓱하게 웃으며 말했다.

"근데 이 동네 살아? 달리기하러 나온 거야?"

"네. 이 동네 이사 온 지 한 달 정도 됐어요. 공원에는 며칠 전에 나와봤고."

"그랬구나."

"근데 그때 선배님을 봤어요. 달리고 있길래 저도 따라갔어요. 굳이 선배님을 따라가려고 간 건 아니었는데, 뭐랄까 그저 앞사람이 필요했다고 해야 하나, 그랬어요. 너무 오랜만이고 어색해서 바로 인사는 못했지만. 그냥 며칠 뒤에서 같이 달렸어요. 공원에 나올 때마다 있으시더라고요."

은호는 소윤이 하는 말을 들으며 소윤이 쓴 파란 모자를 말끄러미 보고 있었다. 마른 수풀이 쌀쌀한 가을바람에 흔들리고, 풀벌레가 찌르르, 풀벌레들이 찌르르르, 좀 더 크게 울어댔다.

"그랬구나."

"매일 나오세요? 저는 나왔다가 안 나왔다가 했는데."

"별일 없으면. 요즘은 매일 나왔어."

"별일이 잘 없으신가 봐요."

"어, 맞아."

"하하, 별일 없는 게 좋죠."

소윤이 멋쩍게 웃었다.

"이제 뭐 하세요?"

"집에 가야지."

"집에 가서 뭐 하세요?"

"응? 자야지."

"목마른데 저기 편의점에서 잠깐 맥주 마시고 갈까요?"

"집에서 마시려고 했는데."

"그럼 그렇게 하세요."

"농담이야. 편의점에 가자. 내가 살게."

은호가 말했다. 멀지 않은 곳에 편의점이 있었다.

*

"오늘 달이 밝네요. 보름달도 아닌데."

편의점 파라솔 의자에 앉아 하늘을 올려다보며

소윤이 말했다. 맥주 캔 꼭지를 따고, 은호도 달을 보고 있었다. 은호가 말했다. "구름도 없이 맑네."

두 사람은 각자 맥주를 마셨다. 달리기를 하고 난 뒤 마시는 맥주 한 모금이 빠르고 시원하게 몸속에 퍼지고, 저절로 상쾌한 탄성이 나왔다.

"크."

"크."

"선배님, 예전에는 맥주만 마셨던 것 같은데…… 맞죠?"

"지금도 그래. 지금도 맥주만 마셔."

"그렇구나."

"달리고 나서 시원하게 맥주 마시면 정말 좋더라."

"맞아요."

"근데 넌 술 잘 못 먹지 않았어?"

"그랬는데, 이제는 마셔요. 예전보다는."

소윤이 말하고 맥주를 한 모금 더 마셨다. 소윤이 말했다. "달리고 나면 정말 좋은데, 시간도 많이 들지 않고 왔다 갔다 삼사십 분 정도인데, 달리러 나오기까지가 정말 힘들어요."

"어. 그렇지."

"선배님은 잘 달리는 것 같아요. 편해 보여요."

"그래? 한 달 전쯤 달리기를 시작했는데 그때는 정말 힘들었어. 그래도 지금은 처음보다는 덜 힘들지. 달리다 보니까." 은호가 말했다. "달리고 나서는 담배도 거의 안 피워."

"다행이에요." 소윤이 말했다. "근데 학교 다닐 땐 담배 안 피웠던 것 같은데?"

"맞아. 그땐 안 피웠었지."

두 사람은 가볍게 그동안의 안부를 서로 묻고 대답했다. 소윤은 얼마 전 2년쯤 다니던 회사를 그만두고 이직을 준비 중이라고 했다. 은호도 회사를 다니다 무슨 바람이 불었는지 모아둔 돈으로 조그만 서점을 했었는데, 지금은 개인 사정이 있어서 잠시 휴업 중이라고 했다.

"나도 다른 일을 알아봐야 할 것 같아. 이제 돈이 다 떨어져서……."

은호가 말하며 쓴웃음을 지어 보였다. 소윤에게는 농담처럼 보이길 바랐다.

"이런 사람에게 내가 맥주를 얻어 마셨다니!"

소윤도 쓴웃음을 지어 보이며 농담했다. 그러고는 잠시 말없이, 두 사람은 맥주 캔을 홀짝였다. 안주는 없이 맥주만 마셨다. 은호는 소윤이 밝아 보여서 좋았다. 맥주를 마시는 소윤의 얼굴을, 소윤이 쓰고 있는 파란 모자를, 바라봤다. 소윤이 보고 있는 걸 알아차릴까 봐 조심스럽게 가끔씩만 봤다. 은호가 주연에게 선물해 준 파란 모자도 소윤이 쓰고 있는 것과 같은 모자였다. 백화점 스포츠 의류 매장에 가면 살 수 있는 흔한 디자인의 야구 모자다. 다른 사람이 쓰고 있는 것도 이상한 일은 전혀 아니다. 그렇긴 하지만, 은호는 소윤의 파란 모자를 바라보며 주연을 떠올렸다. 은호와 주연은 연인이었고 주연은 지금 은호 곁에 없다. 은호는 파란 모자가 아니어도 언제든 어디에서든 여전히 주연을 떠올릴 수 있지만, 같은 모자를 쓰고 있는 소윤이 어쩐지 주연인 것 같다는 착각이 순간순간 들어 마음이 따끔거렸다.

"그래서 달리고 싶었는지도 모르겠다."

"네?"

"달리면 마음이 편해지니까. 그래서."

"맞아. 달리면……. 저도 몸 생각해서 달리는 것보다는 마음이 시끄러워서 달리는 것 같아요."

소윤이 말했다.

"마음이 시끄러워서."

"그냥 가끔씩 그래요. 자책하는 말들."

소윤이 파란 모자를 벗었다가 손으로 이마를 한번 쓸어넘기고 다시 모자를 썼다. 조금 심란하고 슬픈 듯한 표정이 소윤의 얼굴에 잠깐 나타났다 사라졌다. 예전과 달라진 모습들이 있지만 소윤을 보며 대화하다 보니 은호는 함께 학교를 다녔던 소윤을 점점 잘 기억할 수 있었다. 아주 친하지는 않았던 것 같지만 그래도 오다가다 얼굴을 보면 반가워하고 모습이 보이지 않으면 서로 궁금해하는 사이였다. 은호가 기억하기로는 그랬다. 그랬다는 게 은호는 기억이 났다. 학교를 졸업하고 시간이 많이 지나버려서 은호는 그런 기억과 마음들을 한참 잊고 있었다. 소윤이 먼저 자신을 기억해 줘서, 오랜만에 함께 맥주를 마실 수 있어서 은호는 소윤에게 고마운 마음이 들었다. 어쩐지 미안하기도 했다.

편의점 앞으로 가끔씩 자동차 전조등 불빛이 지나가고, 고양이 한 마리가 지나가고, 맑은 가을, 밤 시간이 지나가고 있었다. 은호는 맥주 한 모금의 쌉싸름함을 삼키지 않고 입안에 멈춰두고 있었다.

"선배님은 왜 마음이 편하지 않으세요?"

은호에게 소윤이 물었다. 소윤은 맥주 한 캔을 다 비우고 비스듬히 앉아 파라솔 테이블에 한쪽 팔을 올리고 있었다. 은호는 입안에 멈춰둔 맥주를 삼켰다. 허전하고 쌀쌀한 가을밤이 은호의 몸에 스몄다. 은호는 몸을 움츠리고, 좀처럼 편해지지 않는 자신의 마음을 들여다보려고 했다. 은호는 우물거리고 있었다.

"대답하지 않아도 돼요." 소윤이 말했다. "그런 건 말로 하기 어려우니까."

두 사람은 다 마신 맥주 캔을 편의점 캔 수거통에 넣었다. 은호와 소윤은 도로 옆길로 걸었다. 달이 두 사람을 따라가고 있었다. 환한 달이.

"생각보다 꽤 오래 있었네요."

소윤이 시계를 확인하며 말했다. 은호도 그렇게 생각했다. 생각보다 시간이 빨리 지나가 있었다.

"오늘 만나서 반가웠어."

"네. 저도요. 아는 척하길 잘한 것 같아요." 소윤이 말했다. "저, 예전 친구들하고 다 연락이 끊겼어요. 요즘은 아무하고도 연락 안 해요. 그렇게 됐어요."

은호는 고개를 끄덕였다.

"나도 그래. 다들 살기 바쁘니까."

은호의 말에 소윤이 작게 혼잣말하듯 중얼거렸는데 은호는 듣지 못했다.

*

은호는 소윤과 걸으며 주연과 함께 다녔던 밤을 생각했다. 주연은 그가 선물해 준 파란 모자를 자주 쓰고 다녔다. 시간이 날 때마다 둘은 천천히 밤을 걸어 다녔다. 계속 말을 해도 좋았고, 말이 없어도 좋았다. 주연은 밤을 좋아하는 밝은 사람이었다. 가을밤을 가장 좋아했다. 그 사람과 밤을 걸으면 은호는 어두운지도 모르고 이곳저곳 가볍게 잘 다녔다. 그런 생각을 하고 있었다. 주연을 생각하기 시작하면 너무 깊이 빠지게 된다. 하지만 오랜만에 반가운 누군가를 만나 맥주를 마셔서 그런지, 그저 맑고 텅 빈 밤공기 때문인지, 틈이 생겨버렸다. 은호는 문득 궁금했다.

'그 사람에게 난 어떤 사람이었을까.'

주연은 떠나던 밤에도, 그 파란 모자를 쓰고 있었다.

가로등 불빛이 가로수에 가려진 어두운 곳에 멈춰 서서, 은호는 눈을 비비며 마른세수를 했다. 함께 걷던 소윤도 멈춰서 은호를 바라봤다. 바라보다가 소윤은 소리 없이 울었다. 잠시 뒤 자전거 한 대가 다가왔고 따릉, 소리에 두 사람은 한쪽으로 비켜섰다. 자전거가 지나갔다.

"괜찮아?"

목소리를 가다듬고 은호가 물었다. 소윤은 눈가를 소매로 닦으며 괜찮다고 했다. 왜 그랬는지 묻지 않고 두 사람은 다시 걸었다. 공기는 맑고 밤은 깊어졌다.

*

　동네 길을 걸으며 농담 같은 말들을 주고받다가, 소윤은 집이 근처라며 먼저 갔다. 은호는 소윤을 또 만나길 바랐지만 전화번호를 묻는 일도, 밥을 먹자는 약속도, 내일 공원에서 보자는 말도 하지 않았다. 다만 오늘처럼 언젠가 우연히 만나서 함께 맥주를 마시면 좋겠다고 생각했다. 그걸 소윤에게 말하지는 않았다.

　소윤이 가고 혼자 길을 걷다가, 은호는 문득 마음이 무거워졌다. 담배를 피우고 싶었다. 하지만 그저 길게 숨을 한번 내뱉고 천천히 달렸다. 천천히. 걷는 것보다는 빠르게. 이윽고 누군가 뒤에서 달려오는 소리가 들렸다. 은호는 그 소리에 잠시 멈춰서서 뒤를 돌아봤다. 소윤은 아니었다. 달려오는 사람은 평범한 운동복에 평범한 운동화를 신은, 은호가 달리기를 시작한 첫날에 본 그 평범한 사람이었다. 그는 그날처럼 편안하고 안정적으로 달리고 있었다. 점점 가까워지다가, 순식간에 은호를 지나쳐 갔다. 그 사람이 자신을 지나쳐가는 순간은 찰나였다. 그 순간 은호는 그 사람 눈가에 맺힌 눈물을 봤다. 착각일 수도 있겠지만 은호는 그걸 봤다. 밤이 맑아서, 정말로 보였는지도 모른다.

essay
달리기

공원에 나가면 달리는 사람들을 심심찮게 볼 수 있다. 그들이 왜 달리고 있는지 대충 짐작해 볼 뿐이지만, 나도 그들을 보면 왠지 따라 달리고 싶다. 요즘 따라 그런 마음이 자주 들어서 요즘은 나도 종종 달리기를 한다. 달리는 동안에는 내가 왜 달리고 있지? 하는 의문이 들기도 하지만 아무튼 달린다. 그리 바쁘지 않고 별일이 없으면 공원에 가서 산책로를 달린다. 바빠도, 별일이 있어도, 따로 시간을 내서 달리면 더 좋겠지만 아직은 그렇게 하는 게 쉽지가 않다. 달리기를 하러 운동복을 챙겨 입고 공원에 나가는 일은 생각보다 쉽지 않은 일이다. 당연한 말이지만 달리기는 힘들고 집은 편안하기 때문이다.

나는 주로 해가 다 지지 않아 파란빛이 약간 남아있는 저녁부터 30분 정도 달리는데, 그때 달리기를 시작하면 공원을 달리고 집에 오는 동안 마저 해가 지고 밤이 된다. 하루가 저물어 가는 그 변화를 보며 달리는 게 좋다. 그 시간에는 지구가 돌고 있다는 걸 눈으로 잘 확인할 수 있어서 지구와 함께 달리는 기분이 든다. 어떤 날엔 내 두 다리로 지구를 굴리고 있다는 상상을 하며 더 달려보기도 했다. 그런데 달리다 보면 땀이 나고 땀에 옷이 흠뻑 젖은 내 모습이 상당히 꾀죄죄하게 느껴진다. 밤이 되고 충분히 어두워진 뒤 돌아오면 그 모습을 적당히 감출 수도 있다. 아무튼 그렇게 달리고 나서 냉장고에 넣어둔 시원한 것들을 마시거나 먹으면 스트레스가 좀 풀리는 기분이 든다. 그제야 내가 왜 달렸는지 그 이유를 알게 된다. 물론 달리기 전 냉장고에 미리 그런 것들을 챙겨두는 걸 잊으면 안 된다. 요즘은 토마토를 잘라서 설탕을 좀 뿌린 다음에 통에 넣고 흔든 다음 그걸 냉장고에 넣어둔다. 「맑은 밤」 소설에서 은호와 소윤은 맥주를 마시지만 요즘 나는 달리고 난 뒤 달고 시원하게 만들어놓은 토마토를 먹는다.

집에서 평온한 일상을 보내고 있다가도 불편하고 불안한 생각이 갑자기 머릿속에 등장을 하고 그 생각 때문에 마음이 시끌시끌해질 때가 있는데, 그럴 때는 초저녁 시간이 아니어도 일단 밖으로 나간다. 느긋하게 걸어봐도 마음이 시끄러우면 숨이 턱 끝까지 찰 때까지 달려본다. 그러면 너무 힘이 들어서 이런저런 생각들이 머릿속에서 모두 나가버린다. 시끄러운 생각들을 조용하게 할 수 없으니까 내 몸을 힘들게 한 다음 생각들을 머릿속에서 내쫓아버리는 것이다. 그러면 마음이 좀 편해진다. 충분히 달리기를 하면 그런 기분을 갖고 집으로 돌아올 수 있다.

어릴 적 나는 체육대회에서 친구들을 이기기 위해서 힘껏 달렸는데(이긴 적은 별로 없다), 지금의 나는 나를 달래기 위해 달린다. 이제는 누군가를 이기려고 하는 것도 아니고 혼자 공원에서 잘 달린다고 상을 받는 것도 아니다. 내가 나를 괴롭힐 때, 나를 달래줘야 하는데 달리 할 수 있는 일이 없을 때, 달리기를 한다. 살아가며 어쩌면 가장 신경 써야 하는 일이 나를 잘 달래는 일이 아닐까 싶다. 나를 잘 달래서 내 마음이 편해야 다른 사람을 잘 대할 수 있고, 힘든 일이 생겨도 잘 살아갈 수 있기 때문이다. 내가 나를 잘 달래지 못해서 마음이 편하지 못하면 심술을 부려서 쉬운 일도 어렵게 만들어버린다.

몸도 마음도, 여름 지나 가을이 오면 왠지 움츠러든다. 쌀쌀하고 허전한 가을 공기는 풍성했던 여름의 빈자리를 채울 수가 없다. 나는 때때로 허전하고 쓸쓸해진다. 가을에. 가을은 빈 공간이 많아서, 자주 생각에 빠진다. 내 생각들은 아직도 여전히 성숙하지 못해 늘 시끄럽고, 나는 내가 하는 생각들 때문에 괴롭다. 시끄럽고 괴로울 때, 예전에는 어쩔 줄 몰라 하루 종일 내 생각에 시달렸지만 이제 내가 할 수 있는 최선은 몸을 움직이고 가쁜 숨을 내쉬며 공원을 달리는 거라는 걸 요즘에 조금씩 알아가는 중이다.

아무튼 이번 가을도 나를 잘 달래며 나와 잘 지

내볼 생각이다. 가을이라고 움츠러들지 않고, 냉장고에 토마토든 맥주든 넣어두고 지구와 함께 달려야겠다.

이종산

가을 소풍

———

essay

가을 편지

가을 소풍

가을이 왔다. 가을은 토실토실한 밤의 계절이다. 어렸을 때는 추석이 되면 시골에 계신 할머니 댁에 친가 식구들이 모두 모여 밤을 땄다. 밤나무는 할아버지의 무덤 근처에 있었다. 삼촌들은 긴 나무 작대기로 밤나무를 흔들었다. 그러면 가시가 빼곡히 박힌 밤송이들이 후드득 떨어졌다. 밤송이를 둘러싼 가시는 무시무시하기보다는 보송보송했다. 우리—아이들과 여자들—은 장갑 낀 손으로 땅에 떨어진 밤송이들을 주워 커다란 자루에 넣었다. 아버지는 나를 보며 동물들도 먹어야 하니 다 주우려 하지 말고 대충 주으라고 말했다. "동물들도 겨울을 나야 하니까." 그래서 나는 재미로만 밤을 주웠다. 악착같이 열심히 하지 않고 재미있을 정도로만.

어른이 되자 세상은 그 반대로 말한다. 재밌을 정도로만 하면 실패한다고. 그것은 놀이라고. 재밌게 하지 말고 열심히 하라고 말한다. 가끔은 재밌게 하는 것이 좋다고 말하는 사람도 있다. 하지만 그 말은 재밌을 만큼만 하라는 뜻은 아니다. 재밌게 아주 열심히 하라는 말이다.

가게를 하는 것은 재밌는가? 그렇다. 재미가 있다. 그렇다면 열심히 하고 있나? 아니, 별로 그렇지는 않다. 하지만 고민은 나름대로 열심히 한다. 봄에는 벚꽃 감상을, 여름에는 괴담을 팔았다. 가을에는 또 무엇을 팔면 좋을까?

이번에는 누군가와 상담을 하고 싶어져서 먼 도시에 사는 친구에게 전화를 걸었다. 친구는 내 고민을 듣고는 이런 답을 내놓았다.

"가을이니까 밤이 들어간 음료나 디저트는 어때?"

나는 그 말을 듣고 반가워서 나도 마침 밤 생각을 했다고 말했다. 하지만 친구가 말해준 대로 할 수는 없을 것 같았다.

"그런데 문제가 있어."

하고 나는 말했다.

"무슨 문제?"

"사실 나는 밤을 그리 좋아하지 않아."

내가 말하자 친구는 어떻게 그럴 수 있냐는 듯 경악하는 소리를 내더니 수화기 너머에서 크게 외쳤다.

"밤은 귀엽잖아!"

나는 고개를 끄덕였다.

"밤은 귀엽지. 그런데 맛은 별로 없어."

"맛이 없다니. 말도 안 돼. 밤이 얼마나 달콤한데. 밤의 단맛은 고구마의 단맛하고도 다르고, 다른 단맛하고도 달라. 밤 특유의 우아한 단맛이 있다고. 밤으로 만들 수 있는 디저트도 무궁무진하잖아. 몽블랑이나 밤 피낭시에, 밤으로 만든 잼은 먹어 봤어?"

나는 모두 먹어 봤다고 말했다. 가을이 되면 많은 카페와 디저트 가게에서 경쟁하듯 밤으로 만든 음료나 디저트 메뉴를 내놓는다. 밤을 그다지 좋아하지 않지만 막상 어떤 가게에 들어갔을 때 계절과 관련된 새로운 메뉴가 나와 있는 것을 보면 나도 모르게 그것을 주문하게 된다. 내가 거기까지 말하자 친구는 더욱 흥분해서 열을 올렸다.

"그러니까. 그게 바로 제철 음식의 마법이야. 다들 그 계절에 나오는 맛있는 걸 먹고 싶어 하는 욕구가 있다고. 그걸 노려야지."

"그런데 밤이 들어간 메뉴를 팔려면 밤을 조금은 좋아해야 하지 않을까?"

밤이 들어간 메뉴를 팔려면 밤을 많이 사야 한다. 우리 가게는 장사가 안되니까 밤은 항상 많이 남을 것이다. 그러면 남은 밤을 모두 버려야 한다. 매번 누굴 주기도 좀 그렇고, 딱히 이웃에 알고 지내는 사람도 없으니까. 밤을 좋아하기라도 하면 내가 다 먹으면 되지만……. 그렇다고 밤을 버릴 생각하면 아깝기도 하고 다람쥐 같은 산속 동물에게도 미안하다. 내가 그런 설명을 길게 하고 있으려니까 친구가 한숨을 길게 쉬고는 내 말을 끊었다.

"그래, 그래. 알겠어. 그럼 밤이 남으면 바구니 같은 데다가 담아서 손님들에게 가져가라고 그냥 두면 어때? 겨울에 가게에서 귤 한 바구니씩 두는 것처럼."

나는 고민해 보겠다고 하고 전화를 끊었다. 고맙다는 말도 당연히 했고, 통화가 끝나자마자 농장에서 직송되는 고급 밤을 주문하고 주소는 친구의 집으로 적어 넣었다.

그때까지만 해도 나는 친구의 말대로 할 생각이 없었다. 밤은 상당히 고급 디저트다. 내가 그런 걸 만들 수 있을 리가. 밤이 들어간 디저트는 제대로 된 교육을 받은 진짜 파티셰나 만들 수 있을 것 같았다.

그런 생각을 하면서도 친구와 통화한 그날 밤에 레시피북을 한 권 주문하기는 했다. 밤이 들어간 디저트와 음료들의 레시피가 잔뜩 수록되어 있는 책이었다. 주문한 책은 며칠 뒤에 도착했다. 밤 테린, 마롱 글라세, 밤 아이스크림, 마롱 파르페, 마롱 푸딩, 밤크림 쿠키 에클레르, 머랭 샹티이, 마롱 카시스 무스 화이트초콜릿 글라사주, 마롱크림과 캐러멜너츠 레이어케이크, 밤 슈톨렌* 등등.

목차만 읽어도 황홀해지는 책이었다. 나는 밤과 마롱의 차이를 알고 싶다고 생각하면서 그 레시피북을 책장에 꽂아놓았다. 그리고 나서는 전혀 읽지 않고 책을 계속 그렇게 꽂아두기만 했다. 실은

---

*『밤 디저트 레시피』, 이마이 요우코·후지사와 가에데 지음

책에 실린 엄청난 레시피들과 엄청나게 멋진 사진들을 보고 나니 더욱 자신이 없어져서 그 책을 다시 펼쳐볼 엄두가 나지 않았다.

그렇다고 인공적인 밤 향이 들어간 파우더만 달랑 넣은 밤 라떼 같은 것을 팔기는 더 싫었다. 나도 먹고 싶지 않은 것을 손님에게 팔 수는 없으니 말이다.

그런 고민을 하는 사이 가을은 무섭도록 깊어졌다. 한 달 전까지만 해도 푸르렀던 산이 어느새 울긋불긋해졌다. 노랑과 빨강, 우아하고 짙은 갈색, 아직 남아 있는 초록. 자연은 언제나 어느 디자이너보다 뛰어난 색 조합을 보여준다고 나는 아름다운 색깔로 물든 가을 산을 보며 생각했다.

뉴스를 보니 사람들이 벌써 단풍 구경에 나서서 주말이면 전국의 산들이 북적인다고 했다. 단풍객. 예쁜 말이다. 사전에도 올라와 있다. '단풍이 든 경치를 보기 위하여 찾은 사람.' 단풍이 절정에 이르는 시월 말이 되면 '단풍객'들은 훨씬 많아질 것이었다. 아직은 시월 중순도 채 되지 않았다.

나는 산으로 단풍 구경을 하러 가본 적이 없었다. 등산이 익숙지 않기도 하고, 누군가의 도움을 받아 산을 올라보고 싶은 마음도 없지는 않지만, 내 주변 사람들은 다 나처럼 산에 별 취미가 없다(실은 다들 책벌레라 몸에 근육도 없고, 체력도 없어서 산에 가려고 해도 갈 수가 없다는 게 더 정확한 말일 것이다). 게다가 나는 사람 많은 곳에 가는 게 싫다. 더군다나 사람들로 북적이는 산이라니. 그건 정말 내 취향이 아니었다.

하지만 올해는 심심하기도 하고 한가하기도 해서인지 단풍 구경을 한 번은 해보고 싶어졌다. 꼭 사람들이 몰려드는 명산이 아니더라도 단풍 구경을 할 수 있는 곳은 있을 듯했다.

생각해 보니 우리 동네에도 숲이 있었다. 내가 매일 보는 그 울긋불긋해진 가을 산의 숲길이었다. 숲이 꼭 산에 있는 건 아니지만, 산속에는 숲이 있다. 나는 내가 그 사실을 한 번도 생각해 본 적 없다는 걸 이번에 깨달았다. 본격적으로 산을 올라야지, 했다면 생각만으로 기가 질려서 결국은 그만둬 버렸을 텐데, 가볍게 동네 숲을 산책한다고 생각하니 오히려 얼른 가고 싶어졌다.

이 동네로 이사 오고 나서 얼마 되지 않아 집 근처에 숲이 있다는 건 금방 알게 됐지만, 한 번쯤 가봐야지 하고서는 계속 미루고 있었다. 봄에는 가게 문을 연 지 얼마 되지 않아서 마음의 여유가 없었고(하는 일은 딱히 없었지만 말이다), 여름에는 더워서 혼자 숲을 걸을 마음이 나지 않았다.

만약 숲에 가기 가장 좋은 계절이 있다면 가을일 것이다. 특히 초보자에게는. 겨울이 되면 추워서, 해가 일찍 져서, 숲이 어두워서, 눈이 와서 따위의 여러 이유를 떠올리며 또 미루게 될 게 뻔했다.

숲에 가야지 하고 마음을 먹은 것은 월요일이었다. 실행력이 좋은 사람이었다면 당장 다음날 숲에 갔을지도 모르겠다. 하지만 나는 실행을 미루는 사람이다. 실은 실행보다는 그저 그 일을 하려고 막연히 생각만 하는 게 더 즐겁기도 하다. 나는 언제 가면 좋을까 곰곰이 생각하다가 금요일에 가보기로 마음먹었다. 주말은 너무 사람이 많을 것 같았고, 평일은 사람이 너무 없을 것 같았다. 사람이 너무 많으면 분위기가 들떠서 싫고, 사람이 너무 없으면 숲길을 혼자 걷는 것이 무서울 것 같았다.

금요일이 적당할 것이다.

그렇게 가는 날을 정하고 나니 설레기 시작했다. 수요일에는 다이소에 가서 이런저런 소풍 물품들을 샀다. 도시락통도 사고, 물통도 사고, 돗자리도 사고, 챙이 넓은 모자까지 사버렸다. 목요일에는 장을 봐서 도시락을 만들 준비를 했다. 메뉴를 고민하는 것도 즐거웠다. 역시 소풍에는 김밥과 사이다일까? 아니면 귀여운 도시락 메뉴를 찾아볼까? 이것저것 고민해 보았지만 김밥은 재료를 준비하는 것이 귀찮고, 귀여운 도시락은 어려워 보여서 그만두었다. 결국은 겨우 유부초밥 만들기 세트를 사서 유부초밥만 잔뜩 만들었다. 만들다 보니 재밌어서 무려 마흔다섯 개나 만들었다.

한 번에 몇 개나 먹을 수 있을까? 유부초밥이 그리 크지는 않아서 다섯 개 정도는 가볍게 먹을 수 있을 것 같았다. 배가 고프다면 열 개쯤. 천천히 나눠서 먹으면 좋겠다 싶어서 당일에 열 개는 도시락통에 넣고, 나머지는 밀폐용기 두 개에 나눠서 넣고 냉장고에 넣어두었다.

　　소풍이다. 소풍.

　　나는 한쪽 어깨에 메는 가방에 도시락과 물통, 돗자리를 넣고 집에서 나섰다. 물통에는 보리차나 녹차를 끓인 다음 하룻밤쯤 식혀서 넣을 계획이었지만, 이것도 귀찮아져서 그냥 금요일 아침에 드립백으로 커피를 내리고 얼음을 많이 넣어서 대충 차갑게 만든 뒤에 물을 적당히 붓고 끝냈다. 집에서 나오고 나니 역시 보리차보다는 커피가 좋다는 생각이 들었다. 하지만 물도 있긴 있어야 할 것 같아서 편의점에서 생수 한 병을 샀다.

　　소풍이 얼마 만이지? 옆에 일행이 있었다면 그런 이야기를 소리 내서 같이 나누었을 것이다. 하지만 나는 혼자였다. 혼자 생각해 보는 것도 좋았다. 아마 예전에 마지막으로 했던 소풍도 혼자 갔었던 듯했다. 나는 원래 혼자 소풍을 가는 것을 좋아한다. 어릴 때는 내가 소풍을 별로 안 좋아한다고 생각했는데, 나중에 커 보니 그냥 단체로 어딜 가는 것을 싫어했던 거였다.

혼자 좋아하는 곳을 골라 날씨 좋은 날 천천히 걷고 둘러보며 경치 좋은 곳에서 맛있는 것을 먹는다. 남이 보기에는 쓸쓸해 보일지도 모르겠지만, 나에게는 즐겁고 행복한 이벤트다. 나는 그런 생각을 하며 숲의 입구로 들어갔다. 바깥은 햇볕이 조금 뜨거웠는데 숲으로 들어서자 시원한 느낌이 들었다. 눈도 편안하고, 피부도 편안했다. 울창한 나무들이 자외선을 가려준 덕분이었다.

참 좋구나.

그런 생각밖에는 들지 않았다. 복잡하고 어지러운 생각 같은 건 하나도 나지 않았다. 바깥세상과 숲이 아예 다른 세계처럼 분리되어 있는 것 같은 느낌이었다. 숲에 들어오기 전에 내가 누구였는지, 숲 바깥세상에서 내가 무엇이었는지 아득해질 정도였다.

나는 그렇게 약간 멍해진 채로 계속 숲길을 걸었다. 나무들 사이로 비쳐 드는 밝은 햇빛을 보며 아름답다고 생각하고, 바람에 흔들리는 나뭇잎 소리를 듣고, 높은 나무를 올려다보고, 가깝고 먼 곳에서 들려오는 새 소리를 들었다. 가끔 사람이 지나

갔는데 날 두렵게 하는 사람은 없었다. 여행객보다는 매일 같이 그곳을 산책하는 동네 주민이 더 많은 것 같았다.

 숲은 금방 깊어졌다. 나는 오르막을 오르는 것은 잘 못하지만, 평지는 꽤 오래 잘 걸을 수 있다. 숲 속으로 들어갈수록 새 소리는 더 크고 가까워졌다. 집에서 나오는 게 생각보다 늦어지기는 했지만 그래도 아직 오전이라면 오전이었다. 정오도 되지 않았으니 말이다. 원래는 적당히 걷다가 평평한 땅에 돗자리를 펴놓고 도시락을 먹을 생각이었다. 하지만 생각보다 도시락을 먹을 만한 자리가 눈에 띄지 않았다. 그래서 계속 걷게 된 것이다. 점심을 먹을 자리를 찾으려고.
 숲이 그리 어둡지 않아서 다행이었다. 오히려 초입보다 안으로 들어갈수록 환해졌다. 처음에는 쌀쌀한 것도 같았지만 걷다 보니 몸도 따뜻해졌다. 나는 무리하지 말자고 생각하면서 걷는 속도를 부러 늦췄다. 천천히 걸으니 낙엽이 바스락거리는 소리도 더 잘 들렸다. 새 소리도 더욱 잘 들렸다.

그러다 그것을 발견했다. 밤송이 하나. 나는 내가 본 게 맞나 싶어서 그쪽으로 가까이 가 봤다. 가시로 덮인 동그란 공. '장갑을 가져올걸.' 그런 생각을 하면서 가방을 뒤졌다. 가방 안에는 쓸 만한 것이 없었다. '젓가락을 쓸까?' 그렇지만 젓가락은 도시락을 먹을 때 쓰고 싶었다.

그렇다고 맨손으로 만지기도 무서워서 계속 가방을 뒤적거렸다. 그러다 결국은 찾아냈다. 필통 안에 펜. 우선은 펜 하나를 꺼내어서 밤송이를 뒤집어 봤다. 뒤쪽은 껍질이 살짝 터져 있어서 안에 든 것이 보였다. 반질반질한 갈색 빛깔의 열매. 역시 밤이었다. 하지만 미스터리였다. 왜 여기 밤이 있을까? 아무리 둘러보아도 주변에는 밤나무가 없었다. 다람쥐나 청설모가 들고 가다가 떨어트린 걸까?

그러고 보니 다람쥐나 청설모는 가시로 뒤덮인 껍질을 어떻게 까는 거지? 나는 좀 고민하다가 밤송이를 그대로 두고 우선은 가던 길을 가기로 했다. 배가 고파서 얼른 도시락을 먹고 싶었다. 어차피 밤송이에 든 밤 열매를 점심으로 먹을 수는 없고, 나보다는 다른 작은 동물이 먹는 것이 나을 것 같았다. 내가 먹는 것보다 훨씬 포만감이 있을 테니까. 동그란 껍질에 뒤덮인 밤이 꼭 도시락 같다는 생각도 들었다.

다람쥐의 도시락. 그렇게 생각하니 귀여워서 혼자 실실대며 조금 더 걸어갔는데 곧 좁은 아치문 같은 것이 보였다. 누가 일부러 만든 것이 아니라 나무들과 풀이 우거져서 자연스럽게 생긴 모양이었다. 다른 길도 있었지만 궁금해서 그 안으로 들어가봤다. 이상한 나라의 앨리스에 나오는 것처럼 다른 세상으로 들어가는 문은 아닐까 싶은 생각이 들어 두근거렸다.

그러나 아니었다. 그저 더 환할 뿐이었다. 갑자기 조금 눈이 부실 정도로 시야가 밝아졌다. 나는 눈을 깜빡이며 한두 걸음을 천천히 내디뎠다. 맑은 새 소리가 들렸다. 평화로운 숲의 모습. 눈도 빛에 금방 적응이 되어서 곧 편안해졌다. 그때 마침 바람도 불어왔다. 숲이나 산을 한 번도 가본 적 없는 사람이 있다면 바로 이곳이 판타지 속 세계처럼 보이지 않을까? 동화나 판타지, 혹은 영화 속의 한 장면.

문득 숲이 신비로워 보였다. 바닥에 깔린 푹신

한 낙엽들과 커다란 나무들, 높고 길쭉한 나무들, 바람에 흔들리는 나뭇잎. 나뭇가지 사이로 비추는 햇살. 빛과 그림자. 가만히 서서 숨을 죽이고 숲을 바라보고 있으려니 움직이는 것들이 보였다. 청설모와 새. 청설모는 나를 발견하고 멈칫했다가 나무를 빠르게 기어 올라가서 곧 보이지 않게 됐다. 새들도 잠깐잠깐씩 나타났다가 사라졌다. 이곳은 '멈춤'도 '클로즈업'도 없는 현실 세계였다.

현실 세계는 움직이는 것을 내 마음대로 가깝게 당겨서 볼 수도 없고 무엇이든 붙잡아서 실컷 바라볼 수도 없다. 무언가를 보기 위해서는 내가 멈춰서서 가만히 숨을 죽이고 기다려야 한다. 그래도 보지 못할 수도 있다. 그래서 애가 탄다. 그런 애틋함이 나는 좋았다.

순간적으로 꼭 비밀의 숲에 들어온 것 같았지만 착각은 곧 깨어졌다. 조금 더 걸어가자 벤치가 있었다. 시에서 만들었을 안내판도 서 있었다. 안내판에 나온 지도를 보니 나는 아직 산의 초입에 있었다. 내가 서 있는 길은 산 정상으로도 이어지는 길이라 전체에 비하면 내가 걸은 길은 정말 얼마 되지 않았다. 위치별로 붙은 숫자에 따르면 13분의 2정도 왔다. 그것도 이제 2번이 시작되는 위치였다.

점심만 먹고 돌아갈까?

나는 벤치에 앉아 가방 속에 있는 도시락을 꺼냈다. 내가 만든 유부초밥은 맛있었다. 그 순간만큼은 산해진미도 부럽지 않았다. 숲의 벤치에 혼자 앉아 먹는 도시락과 차가운 커피는 아주 맛있고 기분이 좋아서 사치스럽게까지 느껴졌다. 누구에게나 때때로 한 번쯤은 세상이 나를 위해 존재하는 것 같은 기분이 드는 순간이 있지 않을까? 반대로 세상 전체가 자신을 위협하는 것 같은 순간도 있을 테고 말이다. 앞의 상황에서 느껴지는 것은 행복이고, 뒤의 상황에서 느껴지는 것은 불안이다.

그렇다면 나는 지금 행복했다. 불안 사이사이에 행복이 있고, 행복 사이사이에 불안이 있다. 샌드위치처럼. 그렇다면 인간의 삶은 두 겹의 빵인 걸까? 행복은 달걀, 불안은 쓴 오이. 그렇게 생각하자 오랜만에 어깨가 가벼워졌다. 숲의 바람이 내 어깨를 펴준 것인지도 모르겠다.

나는 무엇에 그렇게 짓눌려 있었던 걸까?

어깨가 눌린지도 모르고 살고 있었구나.

자꾸 웃음이 났다. 웃음이 날 때마다 바람이 빠지는 듯했다. 나도 모르는 사이 내 몸은 불안과 우울이라는 어두운 가스로 차서 부풀어 있었던 것 같았다. 웃을 때마다 슉슉 가스가 내 안에서 빠져나갔다.

이제 돌아가자.

나는 빈 도시락과 물통을 가방에 넣고 벤치에서 일어섰다. 맛있는 점심을 먹고 나니 눈이 한층 맑아졌다. 사람은 단순하다. 밥을 먹고 나면 눈도 밝아지고 기운도 난다니. 밥을 먹고, 걷고, 움직인다. 그러면서 해야 할 일과 하고 싶은 일들을 하며 하루하루를 보낸다. 그런 것이 삶이라 생각하면 삶은 참 단순하다. 세상은 세상. 삶은 삶. 인간은 인간.

그런 생각을 노래하듯 속으로 되뇌면서 숲을 돌아서 나왔다. 숲 바깥의 세상은 복잡하고 조금은 시끄러웠다. 그것도 그것 나름대로 괜찮았다. 인간의 편의를 위해 만들어진 것들이 길에 가득했다. 편의점과 은행, 버스 정류장, 횡단보도 같은 것들. 나는 새삼 그런 것들을 눈에 하나씩 새기며 가게로 향했다.

가게는 다른 날처럼 조용했다. 나는 가게 안으로 들어가 문을 닫고 블라인드를 올렸다. 환한 빛이 가게 안으로 들어와 사방이 밝아졌다. 작은 가게에 가을 햇빛이 가득 찼다. 숲에서 내 몸에 닿았던 빛과 같은 빛이었다. 세상 모두가, 적어도 이 동네의 모두가 같은 햇살 아래 있다. 우리는 모두 똑같은 태양 아래서 사는 사람들이다. 똑같은 태양과 똑같은 달 아래서, 같은 행성 안에서 살고 있다.

똑같은 태양 아래 있다고 해서 모두 같은 햇볕을 쬐는 것은 아니지만. 나는 카운터에서 목장갑을 찾아 꼈다. 처음 가게를 열 때 가구를 옮기는 데에 쓰려고 샀던 장갑이었다. 장갑을 끼고 주머니 안에 있는 밤송이를 꺼내 열었다. 숲에서 돌아 나오는 길에 같은 자리에 밤송이가 그대로 떨어져 있길래 결국은 주워서 내 주머니에 넣고 와버렸다. 다람쥐에게는 좀 미안하지만.

가시로 덮인 겉껍질은 생각보다 수월하게 벗겨

져 나갔다. 밤 열매는 무르익어서 껍질 안에 꽉 차 있다가 툭 하고 나와 바닥으로 데구루루 굴러떨어졌다. 밤을 주워서 만져보니 아주 만질만질했다. 햇빛 안에 넣고 들여다볼수록 예뻤다. 꼭 아주 귀한 보석 같았다.

바로 그날 나는 적당한 크기의 유리 상자 하나를 주문했다. 유리 상자는 에어캡에 둘둘 싸여서 일주일 뒤에야 도착했다. 나는 유리 상자에 밤 열매를 넣고 가게 문에 이렇게 쓴 종이를 붙였다.

> 가을 밤 전시

그러고 나서 커피를 한 잔 만들어 테이블에 앉아 천천히 마시며 이 글을 썼다. 이 글은 이번 가을에 우리 가게에서 전시하는 밤 열매에 대한 안내문이자 설명문이다. '햇빛 속에서 밤을 손으로 들어 이리저리 비춰 보면 반짝반짝 빛이 납니다. 저희 가게에서 하는 전시에 오기 어려우시다면 집 근처에서 파는 밤을 구해 햇빛 속에 넣고 비춰 보세요. 아주 예쁘게 빛날 겁니다.' 이 문장을 넣을까 말까 고민하면서 나는 커피를 한 모금 더 마신다. 밤을 보러 오는 사람들에게는 커피를 한 잔씩 대접해야지. 그런 생각도 하면서. 가을은 어느새 무럭무럭 깊어져서 산은 온통 붉어졌다. 붉은 산을 보고, 단풍객이 되어 숲으로 들어가고, 헤이즐넛 빛깔이 도는 커피를 마시고, 밤을 먹고, 밤을 구경하는 가을. 가을이 흐르고 있다. 시간이 흐른다. 사람이 계절 속으로 들어가는 게 아니라 계절이 강처럼 사람들을 풍덩 빠트려 놓고 흘러간다. 가을이 또 한 바퀴 흐르고 있다.

essay
가을 편지

저는 지금 협재의 해변에 앉아 이 글을 쓰고 있습니다. 시간은 저녁 6시 22분이고, 친구들 덕분에 평상에 앉아 바다를 보고 있지요. 천막이 있어서 그늘이 드리워져 있는데도 바지는 뜨겁습니다. 해는 한 시간 후에야 질 예정이라 아직 사방이 환하지만, 더위는 낮보다 한풀 꺾여서 시원한 바람이 불기도 합니다.

앞으로는 조그마한 섬인 비양도가 보이고 하늘에 뜬 구름은 하얗습니다. 오늘은 오전에 하는 소설 수업을 점심쯤 마치고 집에 갔다가 낮잠을 자버렸어요. 아주 곤하게 잤습니다. 자고 일어나니 창밖의 구름들이 보였습니다. 요 며칠 기온은 높지만 그 대신인 것처럼 하늘이 깨끗하고 맑습니다.

햇볕에 귀가 뜨겁게 달아오르네요. 바다에는 색색의 튜브가 떠다닙니다. 하늘색 튜브도 있지만 노란색 튜브가 제일 많아요. 지금 이 순간은 여름

중의 여름입니다. 눈앞의 풍경을 뚝 떼어 액자에 넣는다면 '여름'이란 이름을 붙일 수밖에 없을 것 같아요.

「가을 소풍」은 한여름에 다가올 가을을 상상하며 쓴 소설입니다. 6월에 갔던 도서전 행사에서는 겨울에 봄 소설을, 봄에 여름 소설을 쓰는 식으로 아직 오지 않은 계절을 상상해서 쓰는 것이 어렵다고 투덜거렸지만 실은 그래서 이 시리즈를 쓰는 것이 무척 재밌고 즐겁습니다.

신기하게도 중복이 지나고 나니 더위가 조금 견딜 만해졌습니다. 절기란 참 매번 신기해요. 마침 서울에서 친구들이 놀러 온 즈음에 날씨가 괜찮아져서 저도 덩달아 '여름 놀이'를 하고 있습니다. 며칠 사이에 해변도 두 번이나 갔지요. 물놀이는 제대로 못 했지만 해변에 앉아 바다를 바라보는 것도 즐겁습니다. 여름의 해수욕장은 놀이공원 같은 느낌이 있어요.

오늘은 옥수수와 수박 그리고 차갑고 달달한 냉커피를 싸서 해변에 놀러 왔습니다. 이렇게 쓰면서 제가 지금 여름 소풍을 온 것이라는 걸 깨닫습니다. 해변에는 사람이 많은 만큼 다양한 풍경이 보입니다. 각자 하나씩 봉을 들고 돗자리를 패서 모래를 터는 사람들도 있고, 아장거리는 어린아이도 있습니다. 엄마와 함께 모래놀이를 하는 자매와 양산을 쓰고 바닷물에 발만 담근 채 천천히 걷는 사람도 보여요. 오른쪽 풍경은 선명하게 잘 보이지만, 왼쪽 풍경에는 해가 있어서 수면이 눈부시게 빛나고 사람들은 검은 실루엣으로만 보입니다.

소설은 어떤 한 사람의 머릿속에서 펼쳐지는 상상입니다. 어떤 면에서는 통제할 수 '있는' 꿈 같기도 해요. 하지만 「가을 소풍」은 대부분 떠오르는 대로 써 나간 것이라 의식적인 통제는 크게 하지 않았던 것 같습니다. 여기까지 써놓고 나니 저에게 소설은 꿈이나 상상의 영역이고, 에세이는 현실의 영역인 것 같다는 생각도 듭니다. 꿈은 현실과는 분리된 다른 영역이지만, 재료들은 역시 현실 세계에서 흘러 들어오는 것이겠지요.

지금은 여름의 한가운데인데 책이 나와서 여러분이 이 글을 읽고 있을 때는 만연한 가을일 거라는 것이 신기합니다. 소설 뒤에 붙이는 에세이는 어쩔 수 없이 조금씩은 편지의 성격을 가지게 되지 않나 생각합니다. 그래서 이번에는 아예 편지를 써보았습니다. 가을은 제가 가장 좋아하는 계절입니다. 커피도 한층 더 맛있어지는 것 같아요. 얼른 가을이 와서 단풍을 보며 커피를 마시고 싶습니다. 제가 쓴 소설의 주인공처럼 숲에서 단풍을 보고 나와서 커피를 마셔도 좋겠고요. 밤 한 알을 전시하는 곳은 없더라도 시장에서 산 밤을 가을 햇볕에 반짝반짝 비춰 보아도 재밌겠어요.

「가을 소풍」은 이런 사소한 상상들을 이야기로 만든 글인 것 같기도 합니다. 가진 게 없거나 불행한 사람이라도 산책 정도는 할 수 있겠지요. 특히 가을 산책은 누구에게나 사치스러운 것 아닐까요? 단풍과 가을 냄새 나는 바람과 트렌치코트를 입은 사람들. 어느 날 코가 찡해지는 차가운 공기와 높아지는 하늘, 잠자리. 가을이라는 말만 적어도 설레네요. 모두 가을이 흘러가기 전에 실컷 만끽하실 수 있기를 바랍니다. 그럼 겨울에 다시 편지 띄우겠습니다. 잘 지내세요.

⟨송재은⟩

우연의 용기

essay
우연을 이끌기

우연의 용기

"비 오나?"

교문을 나서던 우연은 한숨을 내쉬곤 고개를 들어 어느새 우중충해진 하늘을 쳐다봤다. 이마에 빗방울이 하나 톡 떨어졌다. 흐리고 구름 낀 흰 하늘에 눈이 부셨다. 우연은 이내 고개를 숙이고 길을 마저 걸었다. 학교에서 동료에게 들은 말이 톡톡 떨어지는 작은 빗방울처럼 거슬렸다.

'나 우연 씨 블로그 봤다?'

*

첫째 육아휴직을 쓰기 직전 회사로부터 권고사직을 받고도 우연은 회사와 싸우지 못했다. 이미 만삭의 몸이었고, 화내고 스트레스받으며 당연한 권리를 직접 싸워 얻어낼 여력까진 없었다. 이럴 줄 알았으면 출산 직전까지 미루지 말 걸 싶었지만, 이제 와 회사에 벌금을 물리고 육아휴직까지 남은 기간 동안 배 속 아이가 눈칫밥을 먹게 하고 싶지도 않았다. 동료들은 우연을 응원했지만, 누구 하나 적극적으로 앞장서 싸워주진 못했다. 남편은 이참에 실업급여와 퇴직금을 다 받고 육아에 집중해 보면 어떠냐고 조심스럽게 우연의 의사를 물었다. 마지막으로 회사에 출근하던 날, 대표는 우연이 퇴근을 할 때까지 대표실에서 나와 인사를 하지도 않았다.

그즈음의 우연은 무엇이든 괜찮다 좋게 생각하려 애썼다. 잦은 시어머니의 연락도, 친오빠가 호기롭게 시작한 프랜차이즈 카페를 접고 무일푼으로 부모님 집에 들어간 것도, 아직 아무것에도 얽매이지 않은 친구들하고의 보이지 않는 거리감도, 자기계발이나 취미 생활, 술과 커피를 끊고, 자기 자신보다 안정이 최우선이 되는 것도. 그렇게 권고사직까지도. 결국 자신의 삶을 안정적으로 만드는 건 생각하기 나름이라고 믿으면서. 자신이 어쩔 수 없는 것들에 휘둘리지 않으려 했다.

다행이라면 아이와 함께하는 삶은 놀라웠다. 이런 세계가 있구나. 우연은 자신에게 엄마라는 초능력이 생긴 것 같았다. 우연은 새벽에도 아이의 작은 기척을 느꼈고, 낮에 아이가 방에서 칭얼거리는 소리도 남편은 듣지 못했다는데 우연은 바로 옆에서 자기 이름을 불린 것처럼 생생하게 들었다. 아이의 눈을 보고 있으면, 아이의 생각이 들리는 것만 같았다. 사람들은 출산 후가 너무 힘들다고 우연을 겁줬는데, 그 덕분인지 '이 정도야? 출산이 더 힘든데?'라는 생각이 들 때도 있었다. 힘들지 않은 건 아니었다. 몸은 여전히 무거웠고, 다시는 임신 전과 같지는 못하리라는 생각이 들어 울적하기도 했다. 아이를 씻기는 것도 기저귀를 가는 것도, 영영 아이의 존재를 잊으면 안 되는 것도 버거웠다. 100일 간의 도우미 지원이 끝난 뒤에도 아이는 밤 아홉 시부터 아침 여섯 시까지 통잠을 잤다. 우연과 남편 그리고 아이까지 셋 다 잠을 설치는 날은 거의 없었다. 엄마는 내 딸은 잠도 안 자고 밥도 안 먹고 울기만 해서 키울 때 고생을 많이 했는데, 남 서방이 어릴 때 이렇게 얌전하게 컸느냐며 신기해했다. 시어머니는 자기 아들이 어릴 때 꼭 이랬다며 생긴 것도 성격도 빼닮은 것 같다고 말했다. 우연의 부모님 또한 아이가 우연 어릴 때와 똑같이 생겼다고 했는데, 우연과 남편의 어릴 적 사진 속 모습은 판이했다.

새로운 감각을 느끼고 배우는 데 삶을 집중하며 지내는 동안, 어떤 결손이나 불안은 더 이상 우연을 쫓아오지 못하는 것 같았다. 하지만 이 새로움이 곧 익숙함으로 변하며 물리적인 피로나 아이로 인한 스트레스보다 힘든 건, 아이와 함께하는 시간만큼 그 외의 삶을 잃은 것만 같은 자신이라는 걸 깨달았다.

우연은 종종 해가 길어진 오후에 거실 식탁이나 소파에 멍하니 앉아 있는 자신을 발견하곤 했다. 꼭 잠을 자다 깬 것처럼 깜짝 놀라 돌아보면 아이는 새근새근 자고 있고, 늘어진 블라인드 그림자 주변은 고요했다. 그 적막을 평화라고 여겨야 할지, 불안으로 느껴야 할지 우연은 가끔 헷갈렸다. 엄마가 오거나 남편이 퇴근하기까지는 집 밖에 나가기 어려웠다. 평소에 다니던 카페나 갤러리, 편집숍 같은 곳엔 아이가 볼일을 보거나 칭얼거릴 것을 생각하면 들어가기 어려웠고, 혼자 화장실을 다녀오기도 곤란했다. 혹시나 입장을 거부당할까 봐 어딘가에 갈 때면 습관처럼 장소 리뷰를 한참 동안 읽었다. 사람들이 많은 곳에 가면 아이를 다루는 우연의 행동에 이런저런 평가를 할 것 같아 무대 위에 선 것처럼 떨리기도 했다. 가고 싶은 곳에 갈 수 없으니 어딜 가고 싶은 마음이 안 들었다. 남는 시간에 영화나 예능을 보는 것도 지겨웠고, SNS를 하고 싶지도 않았다. SNS 속 타인의 모습이 우연에게 아무 영향을 끼치지 않았다면 거짓말이겠지만, 그보다는 우연이 그 모든 것과 너무 관계없게 느껴졌다. 친구들은 대부분 결혼도 아직이었고, 아이 얘기를 편하게 나눌 만한 사람도 없었다. 집 안에서의 긴 시간이 우연에게는 권태로웠다. 부모님이나 남편이 아이를 대신 봐줄 때도 긴 시간 집을 비우면 남의 시간을 빼앗아 누리는 휴식 같아서, 꼭 필요한 약속과

볼일만 보고 들어왔다. 우연은 오래 지나지 않아 둘째를 가졌다. 사람들은 우연은 어차피 복직할 회사가 없으니, 둘째 생각이 있다면 아이들 터울이 길지 않게 빨리 애를 가지면 어떠냐고 했다. 그런 생각은 빠르게 전개됐다.

첫째를 가질 때만 해도 둘째 생각은 없었다. 그때만 해도 돌아갈 곳이 있었으니까. 하지만 집에서의 시간이 길어지고, 다시 취업이라는 산을 넘어야 한다는 고민이 더해지면서 우연은 초조해졌다. 이대로 무기력해지는 자신이, 핑계 없이 전업주부가 될 것만 같은 상황이. 그렇게 조금씩 둘째를 갖는 것도 괜찮겠다는 쪽으로 마음을 기울여갔다. 언젠가 이 시기를 누군가에게 변명해야 할 것 같은 기분이 들었다. 이것만으로는 충분하지 않은 느낌에 합당한 이유를 찾고 싶었다. 우연은 이 삶이 언젠가 흠이 될까 두려울 때가 있었다. 너무 일찍 아이를 가졌던 걸까. 어디선가 단추를 잘못 꿴 게 아닐까. 더 나은 선택지가 있었을지도 모르는데. 그때의 우연은 다시는 어디로도 가지 못할까 봐 자신을 질책

하곤 했다.

친구나 회사 동료들을 오랜만에 만나면 다들 아이 이야기를 귀담아들어 주었지만, 일방적으로 질문과 답변이 오갈 때면 우연은 서로가 서로를 겉돌고 있을 뿐이라고 생각했다. 유일하게 회사를 다니지 않는 우연도 일에 치이는 친구들 이야기를 들을 때면 같은 입장이 아니라 반대편에서 이야기를 듣는 기분이 들었다. 그들은 세상이 많이 달라졌다고도 했다. 다시 취업할 생각이 있냐고 묻기도 했는데, 트렌드와 시장 상황이 빠르게 바뀌어서 다시 업무에 적응하기 쉽지 않을 거라고도 했다. 그리하여 아마 우연의 경력을 그대로 인정받기 어려울 거라던 사람들은, 그때 회사와 싸웠어야 했다고 흘리듯 말했다.

*

조금씩 굵어지던 빗줄기가 아파트 단지 입구에 들어서자 장대비로 바뀌었다. 아파트 출입 자동문을 지나며 우연은 머리와 에코백의 물기를 털어냈다. 엘리베이터를 기다리는 동안 에코백 속 휴대폰 진동 소리가 울렸다.

"여보세요."

[어디야? 비 많이 오는데 데리러 갈까?]

"나 지금 올라가."

엘리베이터 문이 열리자 지원이 기다리고 있었다.

"왜 목소리가 저기압인데."

"들어가서 얘기해줄게."

우연은 신발을 대충 벗고 바로 거실 소파에 푹 잠기듯 앉아 정면을 응시하며 미간을 구겼다. 지원은 우연에게 딱 붙어 앉으며 답을 재촉했다.

"왜 그러는데."

"아니 학교에서, 현희 씨 있잖아. 내가 말한 늘봄전담사. 내 블로그를 봤다는 거야."

"오. 근데?"

"근데 내가 저번에 받은 피낭시에 세트 절반 가져다줬거든. 그 가게를 인터넷에 검색했다가 내가 블로그에 올린 체험단 후기를 읽었나 봐."

"오. 그게 왜?"

"아니, 그거 가지고 공짜 어쩌구, 찝찝하다 어쩌구 그러는 거야."

"엥. 뭐가 찝찝해."

"직접 구매한 거 아니면 믿음이 안 가지 않냐고. 그리고 뭐 공짜 좋아하는 게 애들 교육에도 좀 그렇지 않냐고."

"뭔 소리야. 그게 왜 공짜야. 누나가 다 시간과 노력을 들여서 대가를 치르는 건데."

지원은 우연의 상황에 따라 호칭을 달리했는데 기분을 살필 땐 연애 때처럼 누나라고 불렀다. 그런 식의 지원과 있으면 우연은 더 크게 하소연했고, 지원은 우연보다 더 열을 냈다. 그리고 나면 대부분의 일들은 별것 아닌 것이 되곤 했다. 우연은 이번에도 그런 지원을 등에 업고 투정 부리듯 오늘 일을 말했다.

"자긴 공짜로 받은 건지도 모르고 되게 고마워했다는 거야. 그리고 제품 받고 좋은 말만 써주는 거 좀 그렇지 않냐고."

"뭘 자꾸 그렇지 않네. 다 똑같은 상품인데 생각해서 나눠주면 똑같이 고마워야지."

"몰라. 그 말 듣고 얼굴이 뜨거워지는데, 하루 종일 가슴이 두근거리는 거 있지. 나 생각이 너무 많아짐."

"좀 쏘아붙여 주지 그랬어."

"몰라. 평소에도 아무렇지도 않게 말을 함부로 하는 것 같을 때가 있어서, 대꾸하기가 좀 그랬어. 그러는 본인은 나처럼 계약직도 아니고 더 좋은 조건에서 일하는 건데 커피 한 번 사는 일이 없고, 탕비실에서 가끔 과자랑 믹스커피 챙겨가는 것도 내가 몇 번 봤거든?"

"부끄러움을 모르는 아줌마네 진짜?"

"결혼은 했는데, 아직 애는 없대. 아무튼."

지원은 역시 자기 일처럼 성을 냈지만 우연은 이번엔 지원에게 말하면서도 이 기분이 풀리지 않을 것 같아 얼버무리듯 말을 마쳤다. 지원에게 동료의 무례한 말과 행동을 일러바치면서도 우연은 몇 년 전 지원이 한 말을 떠올렸다.

'누나, 그냥 돈 내고 가자. 우리가 돈이 없는 것도 아닌데, 애들도 있고.'

블로그 체험단을 하러 방문한 음식점에서였다. 특정 메뉴가 지원 내역에 포함이 되지 않으니 추가금을 지불하라는 광고주 식당과 트러블이 생겼고, 지원도 기분이 상했는지 카드를 내밀곤 그냥 가자고 우연을 달랬다. 하지만 그건 돈이 있고 없고의 문제가 아니었다. 돈이 다가 아니야. 자신은 공짜가 아니라 노동의 대가로 지원을 받는 것이고, 자료만 받아서 블로그에 글을 복사 붙여넣기 하는 일은 한사코 거절하며 솔직하게 작성한 리뷰만 올려왔다. 사전 고지가 없었다면 광고주의 잘못이었다. 그 이후로 우연은 직접 방문하는 체험은 신청하지도 않았고 들어오는 것도 모두 무시하거나 거절했다. 하지만 '돈이 없는 것도 아니고, 애들도 있고.' 갑자기 그 말이 떠오르다니, 여태 머릿속에 둥둥 떠다니고 있었나. 우연은 블로그를 하며 자신이 그 부분에 민감했다는 걸 속으로 인정한 것만 같은 기분이 들었다.

어느새 창밖의 나무가 거세게 흔들리고 있었다. 지원은 옆에서 계속 우연의 동료를 대신 음해해주었고, 우연은 어느새 지원 뒤편의 거실 창문 방향을 멍하니 바라보고 있었다.

"…누나?"

"응?"

"갑자기 왜 반응이 없어."

"…비가."

"비?"

"많이 와."

"어? 누나 잠깐만, 나 창문 닫고 올게! 장모님 댁에 애들도 픽업 가야된다. 혼자 다녀올게 기다려, 이따 밤에 또 얘기하자."

지원은 급하게 방으로 들어가더니 창문을 다 확인하고 옷을 챙겨입고 현관문을 나섰다. 도어락 잠기는 소리가 나더니 집안에 빗소리와 공기청정기 소리만 울렸다. 우연은 티브이를 켰다.

[…태풍이 짧게 지나가고, 다시 가을장마가 위세를 떨치겠습니다. 밤사이 전국 대부분 지역에 비가 오겠고, 특히 남부지방에는 시간당 50mm 안팎

의 강한 비가 쏟아지는 곳이 있겠습니다. 다음 주 내내 비가 내렸다 그치기를 반복할 것으로 보입니다…]

지역 뉴스에서 날씨가 나오고 있었다. 벌써 여섯 시였다.

*

첫째 돌잔치 때 우연의 배 속엔 이미 둘째가 있었다. 둘째가 생겼다는 걸 알고 나서 우연은 얼마간은 안도했고, 얼마간은 막막했다. 돌아갈 곳이 없으니 이 상태에 더 머물 이유를 찾고 싶었는데, 어딘가로 돌아가고 싶기도 했다. 그 길을 막아버린 건 아닐까 생각하기도 했다. 이런 이야기를 하면 지원은 당장 돈이 모자란 것도 아닌데 걱정 말라곤 했지만, 우연은 아이를 키우는 일 말고, 자신만의 뭔가를 계속 키워나가고 싶다는 갈증을 느꼈다. 다른 성취가 필요했다.

"그래도 당장은 어떻게 할 수 없잖아."

그 당시 우연은 자신이 재택이든 소일거리라도 하면 어떨지 고민했고, 지원은 우연을 달랬다. 지원은 대체로 우연의 입장을 이해하고 지지했지만, 둘 중 한 사람은 아이 육아에 전념하기를 바라는 편이었다.

"아이들이랑만 지내니까 답답하기도 하고. 나는 너 퇴근이 기다려지는데, 넌 지쳐있고. 자기효능감? 그게 떨어지는 것 같아. 요즘은 밤마다 침대에 누우면 아쉬운 마음만 들어."

"그건 큰일이네. 누난 잠도 빨리 못 자는데, 그치. 블로그 같은 거 해보는 건 어때? 육아 블로그?"

"어색해 그런 거. 허공에 대고 말하는 느낌이잖아."

"그냥 한 번 해봐. 뭐 꼭 공개 안 해도 되는 거고, 우리랑 애들 기록한다는 마음으로 해도 남는 거지. 근데 혹시 알아? 출판사에서 육아 도서 내자고 할지." 우연이 손사래 쳤지만, 지원은 굴하지 않고 장난스레 부추겼다.

"에이. 근데 그런 거 보고도 연락 오나? 그러고 보면 나 초등학생 때 독후감 대회 우수상 받았었는데. 재능이 있었을지도 모르긴 해."

"우연 누나야, 집에 애들이랑 있는 거 힘든 거 알아. 그래도 우리 둘 다 각자의 자리에서 최선을 다하자."

"우수상 받았었다니까 무슨 말이야."

농담과 격려로 끝난 대화였지만, 우연은 이후로 가끔 지원의 제안을 생각했다. 둘째 출산이 한 달도 채 남지 않았을 때 우연은 6년 경력을 마음으로부터 포기했고, 블로그를 시작했다. 처음 몇 개 글을 올릴 땐 말을 어떻게 시작해야 할지부터 막막했으나, 남편이 말한 출판사 제안을 떠올리며 책의 구성을 따라 회사 기획안을 쓰듯 기획 의도와 구성을 정리했다. 어떤 것을 쓸지 목차를 정리하고 유명 블로그의 게시글을 벤치마킹해 쓰는 방식을 정립하고 나니 그다음부터는 수월했다. 기억을 더듬어 임신 과정 동안의 정보를 중심으로 담되, 임신을 결심하고 어떤 마음으로 지냈는지, 권고사직 과정 등의 사건 사고까지 진솔한 마음을 담아냈다.

출판사로부터 연락은 받지 못했지만, 우연은 블로그가 개편하며 육아 부문에서 블로거 최고 등급 배지를 받았다. 글만 쓰면 검색어 첫 글이 됐고, 우연은 그 재미에 매일 같이 블로그 글을 게시했다. 매일 댓글과 쪽지, 메일로 협찬과 광고, 체험단 제안이 왔다. 신기했지만 처음엔 잘 가꿔온 블로그에 흠이라도 갈까 싶어 무시했고, 블로그 친구 중 아는 사람들도 몇 있어 부끄러운 마음에 망설였다. 하지만 이웃 블로그를 보면 우연보다 품질이 떨어지는 블로그인데도 협찬과 광고로 다양한 혜택을 누리는 것 같아 부럽기도 했다. 하루에 몇십만 원씩 하는 애들과 가기 좋은 펜션부터 육아 꿀템도 많았고, 부모인 우연과 지원에게 좋은 협찬 제품도 있었다. 육아 인플루언서는 아이들이 어느 정도 자라면 수명이 다하기 때문에 하려면 빨리 마음을 먹어야 했다. 우연은 이왕 하는 거 잘 해보자고 마음먹으며 몇 가지 기준을 세웠다. 지금까지 블로그에서 써온 카테고리를 벗어나지 않을 것, 블로그 지수를 떨어뜨리거나 논란의 여지가 있을 만한 키워드나 제품은 거절할 것, 게시물들끼리 모순되는 콘텐츠는 만들지 않을 것 등. 최대한 양심적으로 쓰리라 생각했고, 지금까지 보상 없이도 해왔던 것인 만큼 원래 해오던 걸 못 할 정도로는 맡지 않기로 했다. 어쩌면 누구도 알아주지 않을 그런 식의 자기 기준을 세우면서 우연은 자기 삶을 컨트롤하고 있다는 만족감을 얻었는지도 모른다고, 후에 스스로를 평가했다.

아이들이 자라면서 블로그는 육아 특화에서 점차 벗어났다. 아이들이 스스로 생각하고 움직일 수 있게 되면서 감당해야 하는 범위는 늘어났지만, 그사이 부모님 집과 더 가까운 곳으로 이사하면서 우연의 자유도 덩달아 늘어났다. 블로그에도 전보다 다양한 일상을 담아내며 협찬과 체험단 내용, 주요 키워드가 늘어났다. 이것저것 올리다 보니 블로그의 효과나 카테고리 응집력이 약해지는 느낌이 들었다. 광고주와의 트러블 이후 바깥 활동을 주도하던 오프라인 체험단도 멈추고, 주력인 육아 콘텐츠가 사라지자 블태기인지 블로그도 시들해졌다. 그즈음 교육청에서 늘봄교실이라 불리는 방과후 활동 담당자들을 공개 채용한다는 공고가 떴고, 남들보다 소식이 빨랐던 우연도 관심을 가진 사람 중 하나였다. 풀타임 근무라는 말에 지원은 난감해했지만, 블로그 운영에서 전처럼 즐거움을 느끼지 못하는 우연에게 다른 변화가 필요하다는 것에 동의했다.

*

우연은 자격증을 따고 면접을 보고 운 좋게 집에서 걸어갈 수 있는 거리의 학교에 배정됐다. 그때 하는 일은 다르지만 같은 늘봄 학교에서 일하게 된 현희를 알게 됐다. 현희와 우연은 또래로 동질감을 느껴 금방 가까워질 수 있었지만, 현희는 계속 이런저런 일을 해왔고 아직 아이가 없었는데, 그래서인지 우연은 가끔 현희와 말이 안 통한다는 느낌, 아니 사실은 현희가 은근하게 우연을 무시한다는 인상을 받았다. 본인은 계속 신혼처럼 지내는 게 좋아서 아직 임신 생각이 없다며, 아이들 때문에 시간을 많이 빼앗겨 힘들겠다거나, 혼자 마음대로 할 수 있는 게 없으니 갇힌 기분이 들 것 같다던가 우연을 걱정하고 이해하는 듯 말하지만, 자기를 잃고 희생

해야 하는 게 많은데 아이를 벌써 둘이나 가져 애국자라는 식으로 이상하게 올려치기 했다. 우연은 그런 표현들 아래 깔린 묘한 공격성을 느낄 수 있었다. 현희는 아이를 가져도 계속 일을 하고 싶고, 그래야 자신을 잃지 않을 것 같다고 하기도 했는데, 그 이야기를 듣는 우연은 자신이 권고사직을 당했다고 솔직하게 털어놓은 걸 현희가 전혀 기억 못 하는 건지 따져 묻고 싶었다.

평소엔 친절하고 행정업무까지 자기 일처럼 도와주는 현희가 고마웠지만 가끔 그녀가 자신을 상대로 우월감을 얻으려는 것 같았다. 그럴 때마다 우연은 아이를 가지고 회사를 그만두며 걱정하고 불안했던 그 시절의 마음이 떠올랐다. 조목조목 그렇지 않은 이유를 설명하자니 구차스럽기도 하고, 현희가 무안해하며 오히려 우연을 예민하다는 식으로 바라볼 것만 같았다. 되받아쳐봤자 서로 싸우자는 것밖에 되지 않을 것이다. 나이를 먹으며 타인의 말에 휘둘릴 필요 없다는 걸 체득해 왔지만, 우연은 자꾸만 과거를 떠올려볼 수밖에 없기도 했다.

*

 티브이를 끄고 부엌으로 가려는 찰나 지원에게 전화가 왔다. 장모님이 이미 아이들 밥을 먹여서, 집 앞에서 저녁거리를 사 갈 테니 쉬고 있으라는 내용이었다. 아이들이 집에 돌아오고는 평소와 다름없는 시간이 이어졌다. 저녁을 먹고, 아이들을 씻기고, 잠들 때까지 놀아주다가, 아이들을 재우고 나면 우연과 지원도 씻고 이불 속에 들어가 침대 머리맡 작은 무드등을 켜고 각자 휴대폰을 하며 두런두런 이야기를 나눴다. 우연이 먼저 휴대폰을 충전기에 연결해 협탁에 올려두고는 베개를 베고 누웠다.

 "효진이랑 진영이 갖기 전이 아득하다."
 "그리워?"
 지원도 휴대폰을 끄고 자리에 누워 우연의 이야기에 집중했다.

 "애들 없는 삶은 이제 상상도 못 하지. 그냥 정말 멀리 온 것 같은 기분이라서."

"멋지다. 이렇게 멀리 왔다, 우리가."

지원은 우연 쪽으로 돌아누워 손을 잡았다. 우연도 손을 맞잡았지만, 시선은 천장을 향한 채였다.

"그냥 예전에, 애들을 갖는 게 내 삶에 흠이 될까 봐 무서웠는데, 요즘은 가끔 그때가 떠올라서 부끄러워. 내 인생을 내가 무시하고, 그걸 만회하려는 마음으로 노력했던 게 이상해. 블로그도 처음엔 즐거워서 열심히 한 게 아니라, 통계가 잘 나오면 그 성과가 나를 좀 괜찮은 사람으로 느끼게 했거든. 아까도 현희 씨 말 듣고, 예전에 내가 스스로를 부끄러워하고 아이들하고의 시간이 내 삶이 아니라고 느꼈던 게 미안해서, 그 생각이 들어서 마음속이 복잡했어. 그 시간도 내가 온전히 느끼고 만들어가는 거였는데, 그저 빨리 끝나고 내 시간이 찾아오기만 바라고 있었으니까. 그래도 있지, 어쨌든 난 지금 내가 좋은 것 같아. 효진이 덕분에 확실히 알았어."

"효진이?"

"아까 애들 재울 때. 효진이가 그래, 그 네모난 빵 너무 맛있었다고 또 먹고 싶다고."

"피낭시에?"

"응. 체험단 받은 거."

"봐봐, 블로그 하길 잘했지?"

"그게 블로그 덕분인가? 아무튼. 이런 기쁨, 모르면 모르는 대로 잘 살았겠지만, 지금은 효진이랑 진영이가 내 삶을 완성하고 있으니까." 우연도 지원 쪽으로 돌아누웠다. 지원은 눈을 감은 채 말을 이었다.

"나는 내 삶을 통틀어 자기랑 결혼하기 전이 제일 무섭고 걱정이 많았어. 그 이후로는 그냥 늘 든든해. 나만 그랬던 거 같아서 조금 미안하네. 뭐, 우리만 좋으면 그만이니까. 근데 결혼 전에는 나만 좋으면 그만인 게 아니라, 나 빼고 모든 사람 기준에 맞춰야 될 거 같았거든. 난 지금이 좋아."

우연은 어둠 속에서 고개를 끄덕이곤 눈을 감았다.

한때 우연은 나쁜 선택을 하지 않으려는 버릇이 선택을 미루게 하다가 놓치게 한 것들을 아쉬워하거나, 그 선택이 옳았는지 따지며 시간을 보냈다.

조바심에 빨리 다른 선택이 찾아오길 바라면서. 하지만 지나온 삶이란 미래의 상황에 따라 얼마든지 재평가될 수 있는 것이었다. 가보지 못한 길이 어땠을지는 모르나 우연은 아이들과 함께하는 이 삶도 좋았다. 서로 겉돌면서도 그 자리를 오래도록 지키며 우애를 길러온 관계들도 고마웠다. 인생은 등가교환으로 이루어지는 것이 아니라는 걸, 무엇과도 비교할 수 없는 것들을 얻으며 배웠다. 우연은 사서 걱정하는 자신의 성격을 잘 알고 있었다. 그만큼 그것이 얼마나 부질없는지도 잘 알았다. 갑작스레 삶에 들이쳐 일상을 휘감는 불안은 다시 갑자기 그쳐 언제 그랬냐는 얼굴을 할 것이었다. 별 이유도 없이 그걸 반복할 것이었다.

다시 눈을 떴을 땐, 햇살이 방 안에 강하게 들어서 있었다. 자기 전까지도 거세게 내리치던 비바람이 밤사이 잦아들었다. 휴대폰을 찾아 손을 뻗는데, 아직 자는 줄 알았던 지원이 말을 걸어왔다.

"누나. 그 사람한테 뭐라고 했어?"

"응?"

"어제 그 사람한테."

"뜬금없이 그건 왜 물어. 음. 그냥 내 입장에선 그런 말을 들을 거라곤 상상도 못 했으니까, 그렇게 생각하실 줄 몰랐다고 그냥 그랬어. 속으로는 막 설명하고 쏘아붙이고 싶었는데, 변명하고 싶은 마음도 없고."

"잘했네. 언제 또 비 올지 모르는데 오늘 키즈 카페 갔다가 피낭시에 사 올까?"

"그러자."

essay

우연을 이끌기

비가 한두 방울 떨어지더니 이내 강하게 쏟아지고, 바람이 거세게 붑니다. 다음 날 일어나니 날씨는 어느새 개어 맑습니다. 비의 흔적은 말끔히 씻겼습니다. 이 이야기는 단순합니다. 고작 말 한마디로 시작해 하루 반 사이 우연의 머릿속에서 복잡하게 전개되다가 밤사이 해소됩니다. 어떤 문제는 생각하여 보탤수록 자신의 불안을 먹고 커지고, 그렇게 심각해지다가 한숨 잠을 자고 일어나면 가벼워지곤 합니다. 어쩌면 우리는 털어버려야 할 것을 오래 끌어안고 있지는 않은가요.

가을장마 예보는 잘 맞지 않고, 때때로 맑음, 때때로 흐리다가 갑자기 소멸합니다. 가을은 그렇게 시작합니다. 올여름엔 밤사이 비가 자주 내렸습니다. 밤에 비가 오는 이유를 검색하니 그런 궁금증은 옛날부터 이어져 온 것 같습니다. 매년 계절을 잊고 다시 배우는 것 같습니다. 늘 이렇듯 새롭게 느끼며 살 수 있다니 계절이란 얼마나 다행인가요.

가을장마, 태풍은 매년 형태나 기간, 강수량이 무척 다르고, 예보 정확도도 낮습니다. 지긋지긋한 비와 수해 뉴스가 이어지다가, 갑자기 언제 그랬냐는 듯 깨끗한 낯을 보입니다. 삶을 이끌어 나가는 것은 대체로 예상치 못한 사건과 전개, 우연이라는 경우의 수의 조합 같습니다. 어쩔 수 없는 것들에 적응했다고 믿었다가도, 다시금 가해지는 충격에 새로 상처받고 전전긍긍하게 됩니다. 하지만 그 벌어진 상처가 깨닫게 하는 것들이 있습니다. 제대로 아물지 못한 채 덮인 시간이 지금에 와 보면 간단하게 설명되고, 이제 와 새로운 평가를 내려줄 수 있기도 합니다.

우연을 뒤흔든 현희는 어떤 사람인가요. 우연은 더 이상 누군가에게 변명하려 하지 않습니다. 무언가를 증명할 필요가 없다고 생각하는지도 모르겠습니다. 하지만 현희는 현재의 자신을 우연에게 지

속적으로 변명합니다. 우연이 지금까지 그래왔듯이 요.

우연이 묻지 않은 이유를 자꾸 이야기하는 현희를 보며, 저는 작은 질투와 결핍에 대한 구차한 합리화를 읽습니다. 사실 우연도 알고 있으리라 생각하면서요. 하지만 그 변명은 어쩌면 현희가 그것을 바라기 때문이 아니라, 우리가 늘 어떤 당연함을 전제로 이야기하게 되는 것들에 대한 슬픔 탓 같습니다.

자신을 설명하고 정의 내리는 사람들을 볼 때, 우리를 스스로 변명하게 만들고 어디에든 정확히 위치하고자 조급하게 만드는 건 무엇일지 생각합니다. 어떤 결핍은 이 세계로부터 물려받은 유산이기도 하니까요.

쏟아지던 비가 그칠 때면 날이 맑아지고, 빗물이 흠뻑 적셔 깨운 땅의 기운이 올라옵니다. 물에 담겨 내려온 것들이 대지에 엉겨 새로운 냄새를 만들고, 우리를 성장하게 합니다. 나 아닌 것과 부딪힐 때 느끼는 충격과 더불어 나의 경계를 확인하게 되면서요.

처음 우연을 떠올렸을 땐, 성질이 무척 급한 여자로 그렸습니다. 너무 급해서, 효율과 자기효능감이 전부인 사람으로요. 하지만 그의 삶을 상상하다 보니 그러한 성격 이면에 존재했을 시간과 사정을 모르는 체할 수 없었습니다. 잘 살고 싶은 마음과 불안 속에서 균형을 잡기 위해 부단히 애쓰는 사람, 그리고 그를 자꾸만 부추기는 속삭임을 알 것도 같았습니다. 그건 제 안에도, 제가 염려하는 이들에게도 불쑥불쑥 나타나는 것이었으니까요.

비가 그칠 때마다, 그때 안고 있던 불안이 함께 그치기를 바랍니다.

입추,
재은 드림.

김 현

안암동에 자리한 '보리수'라는 이름의 카페에 들어와 앉았다. 감자숲과 작은 빵 두 조각을 먹으며 짧은 글을 고쳐 썼다. 창밖으로 초록은 만연하고 매미 울음, 가게 한 켠에서 누군가 책장을 넘기는 소리를 가만히 듣노라니 여름이구나, 싶었다. 곧 가을이네, 싶은 순간도 찾아올 것이기에 회전 중인 선풍기를 멍하니 바라보는 것도 좋았다.

저 바람은 누구에게로 가닿을까.

여러 권의 시집과 산문집, 한 권의 소설집을 출간했다.

김종완

독립출판물 <김종완 단상집 시리즈>를 만듭니다.
소설과 수필을 씁니다.

계절의 변화를 좋아합니다.

소설가. 2012년에 첫 장편소설 『코끼리는 안녕』으로 활동을 시작했다. 『게으른 삶』 『커스터머』 『머드』 『도서부 종이접기 클럽』 등의 장편과 공포 단편집 『빈 쇼핑백에 들어 있는 것』 등을 발표했다. '커스터머'와 '도서부 종이접기 클럽'은 시리즈로 진행 중이다. 퀴어 창작자를 위한 커뮤니티 '큐연'에서 매달 모임을 하고 있고, 현재는 제주에서 동거인과 작업실 카페 '읽기와 쓰기(@hojibook)'를 운영하고 있다.

송재은

삶은 아름답고, 딱 그만큼 두렵다.
그리하여 이 두려운 삶을 즐겁게 살아가고 있다.

2020년부터 글쓰기 모임 <블라인드 라이팅>과 <Raw data of me>를 운영해왔다.
쓴 책으로는 소설집 『낯선 하루』, 에세이 『취하지 않고서야』(공저) 『일일 다정함 권장량』 『오늘보다 더 사랑할 수 없는』 『사랑과 두려움에 대하여』 등이 있다.

나가며
슬픔과 나란히 누워

가을비에 젖은 포도를 걷는 장면이 있습니다. 누군가가 노란 은행잎이 가득 떨어진 거리를 걸어갑니다. 이건 상상에 기인한 문장일까요. 회상에서 시작한 것일까요.

가을을 곧잘 타는 사람들이 있습니다. 저 역시 가을을 타곤 했습니다만, 지금은 가을을 타는지 아닌지 잘 모르겠습니다. 휑한 풍경 속에서 쉬이 쓸쓸한 마음이 되던. 심장이 터질 것처럼 뛰는, 누일 데 없이 요동치던 감각이 어쩐지 낯설게 느껴집니다. 그 생생한 느낌은 혼란이었을까요 아니면 벅차오름인가요. 이도 저도 아니라면 젊음이라 불러야 할 것 같습니다.

"아무런 말도 필요 없어. 행복한 너와 나는 시간을 잊어버릴 테니까."

출처를 기억하지 못하는 것이 문득, 언뜻 떠오르는 순간입니다. 웅얼거리던 문장을 검색해 오래된 애니메이션 노래임을 알아챕니다. 그러나 기억 속에 만화는 전혀 남아있지 않습니다. 본 적도 없는 만화영화의 노래를 기억하는 일. 어릴 적 즐겨 보던 만화를 통째로 잊고도 노래만큼은 어렴풋하게 남은 건지도 모를 일이지만, 중요한 것은 지금 그 노래를 따라 부르며 어떤 장면을 그려보고 있다는 사실입니다. 추녀에 걸린 풍경이 흔들리고, 뒤돌아보면 지나는 결에 잠깐 나타나는 모양입니다.

수록된 네 편의 소설과 에세이를 여러 차례 읽었습니다. 한 문장 한 문장을 꼭꼭 씹어 먹듯 곱씹지 않을 수 없었기 때문입니다. 계절의 실루엣이란 표현 앞에서 어찌 멈추지 않을 수 있을까요. 그뿐인가요. 새를 안고 온 바람. 완전히 차오르지 않았지만 충분히 밝은 달. 다람쥐의 도시락과 밤의 귀여움. 해가 길어진 오후에 멍하니 앉아 있는 자신의 모습. 가을이라 부를 만한 그림들입니다. 여러분은 어떤 구절에 마음을 빼앗겼나요. 당신께 이 책이 어떤 분위기를 자아내는지 모두 알 수 없겠지만, 저는 다음의 구절이 떠올라 메모를 남겼습니다.

흐르는 선율과 스미는 빛처럼.

이번에는 유난히도 깊은 밤 적막한 시각에 원고를 자주 읽었습니다. 아무런 소음도 없는 방 안에 앉아 글을 읽는데 어째서 선율과 빛을 떠올리게 된 것일까요. 떠오르고 말았던 건가요. 어쩌면 그런 일은 가을이기에 가능한 건지도 모르겠습니다. 찰나에 불과한, 그렇기에 더 귀한지도 모르지요. 가을은 빈 공간이 많아서 사이사이에 벌어지고 나아가고 변화하는 일들이 넉넉합니다. 이 책의 제목에 들어간 '사이'는 여러 의미를 담고 있습니다.

문틈 사이를 말할 때의 사이,
우리 사이 관계를 뜻하는 사이,
밤 12시에서 새벽 1시 사이의 시간을 의미하는 사이.

사이의 허함을 채워줄 것들로 꼽을 수 있는 마음을 셈해 봅니다. 빛이 스미는 사이에 그곳에선 무슨 일이 일어나고 있나요. 바람 따라 아주 날아가버리기 전에 맘속에 고이 품어두었다가 겨울에 만나 수군수군 주고받는다면 좋겠습니다.

저는 슬픔의 감각을 믿습니다. 믿는다니. 그렇지만 슬픔이 제게 미치는 영향을 알고 있습니다. 나라는 개인에게, 그리하여 나와 관련한 이들에게 스미는 기분도 알고 있습니다. 이토록 작은 세계지만, 그것이 모여 우리를 꾸립니다. 슬픔의 감각이 짙어가는 가을입니다. 이 짧은 가을에 당신은 얼마나 충만히 슬퍼했나요. 매해 찾아온다지만 저는 올해 가을이 꼭 마지막인 것처럼 오늘과 내일을 맞이하려 합니다. 다가올 겨울에는 차분히 (가라)앉아 창밖을 내다볼 계획이고요.

슬픔은 아름다움과 가까이 있습니다. 황금빛으로 물드는 사방을 눈으로 좇으면 느린 속도로 움직이는 사물과 풍경. 보이는 것에서 들리고 만져지는 것으로, 선명한 느낌으로 번집니다. 가만한 바닥으로 내려앉는 볕뉘 옆에 자리 잡고 누워봅니다. 나른한 열기를 느끼던 초여름도, 붉게 타오르던 한여름도 모두 지나 포근하게 감싸안는 바람을 마주합니다. 차갑지도 뜨겁지도 않은, 미지근한 것도 아닌. 적당한 바람. 미묘한 변화를 감각할 수 있을 만큼 매일 조금씩 자라나는 중일까요. 욕심을 내도 된다면 딱 그만큼의 시간을 챙겨두고 싶습니다.

열네 번째 절기 처서(處暑)를 맞이하며 나가는 글을 짓습니다. 올해는 빗줄기에도 잦아들지 않는 열기에 신선한 가을이 아직 멀게만 느껴집니다. 하지만 지금도 분명한 계절의 변화가 일고 있습니다. 빛이 스미듯, 온갖 것들이 스미는 계절, 가을. 우리가 눈치채지 못하는 사이에 촘촘히 스미는 중일 텝니다. 아연합니다. 아주 작은 틈으로도, 너와 나 우리가 주고받는 문장들이, 아주 오래전부터 이어져 부디 멈추지 않고 계속 스미기를 꿈꿉니다.

계절 소설 시리즈 '사각사각'

사계에 걸쳐 계절마다 찾아오는 네 편의 소설.
네 명의 작가가 네 개의 시선으로 펼쳐낸다.

봄 『송이송이 따다 드리리』
여름 『파랑을 가로질러』
가을 『빛이 스미는 사이』
겨울 (근간)

표지 그림 | 최산호 <떠나가는 것들>

빛이 스미는 사이

copyright ⓒ 시절, 2024

1판 1쇄 | 2024년 9월 20일

글
김종완
김현
송재은
이종산

기획·책임편집 | 오종길

표지 디자인 | 박주현
내지 디자인 | 김현경

표지 그림 | 최산호

출판등록 | 2023년 7월 20일 제 2023-000072호
이메일 | sijeol.book@gmail.com
SNS | @si.jeol.book

ISBN 979-11-988531-2-7 (03810)

*이 책의 판권은 시절에 있습니다.
*이 책 내용의 전부 또는 일부를 재사용하려면
 반드시 펴낸곳을 통한 서면 동의를 받아야 합니다.